我需要和你谈谈

裘山山 著

长篇

天津出版传媒集团
百花文艺出版社

图书在版编目（CIP）数据

我需要和你谈谈 / 裘山山著. -- 天津：百花文艺出版社, 2021.9
(百花中篇小说丛书)
ISBN 978-7-5306-8110-7

Ⅰ. ①我… Ⅱ. ①裘… Ⅲ. ①中篇小说-中国-当代 Ⅳ. ①I247.5

中国版本图书馆 CIP 数据核字(2021)第 117288 号

我需要和你谈谈
WO XUYAO HE NI TANTAN
裘山山 著

出 版 人：薛印胜 **选题策划**：汪惠仁
编辑统筹：徐福伟 **责任编辑**：齐红霞
装帧设计：任 彦 **特约编辑**：孔吕磊
出版发行：百花文艺出版社
地址：天津市和平区西康路 35 号 **邮编**：300051
电话传真：+86-22-23332651（发行部）
+86-22-23332656（总编室）
+86-22-23332478（邮购部）
网址：http://www.baihuawenyi.com
印刷：山东临沂新华印刷物流集团有限责任公司
开本：700×980 毫米 1/32
字数：58 千字
印张：5.375
版次：2021 年 9 月第 1 版
印次：2021 年 9 月第 1 次印刷
定价：32.00元

如有印装质量问题，请与山东临沂新华印刷物流集团有限责任公司联系调换
地址：山东省临沂市高新技术产业开发区新华路 1 号
电话：(0539)2925659 邮编：276017

裘山山 / 作者

女，祖籍浙江，现居四川成都。1976年入伍。1983年毕业于四川师范大学中文系。曾任成都军区创作室主任，《西南军事文学》主编。1984年开始发表作品，主要是小说和散文。已出版长篇小说《我在天堂等你》《春草》，长篇散文《遥远的天堂》《家书》以及中篇小说《琴声何来》等作品。曾获鲁迅文学奖、《解放军文艺》奖、全国“五个一工程”奖、百花文学奖、四川省文学奖、冰心散文奖以及夏衍电影剧本奖等奖项，还有部分作品在海外翻译出版。

一

见到您真的太高兴了。您和我想象的一样，温和，亲切。一看见您，我之前的忐忑不安就消失了。

谢谢您这么快就和我见面了，真的，非常感谢。在经历了那些事情后，我总是失眠，心情压抑。丈夫让我去找心理医生，我不愿意，我不想被医生分析过去分析过来的。我没有心理问题，我就是有点儿郁闷。谁又不郁闷呢？母亲常说，活着，并且郁闷。

我就是想找人聊聊。我需要说说，再不说我就会……其实也不会怎么样，死不了，只是很憋，很难受，也许会出现精神上的心肌梗死。

在给您打电话之前，我把我的朋友想了个遍，怎么也找不到合适的人。以前我听人说过，最苦恼的时候找不到人诉说。我当时还不以为然，暗想，是不是他们交的朋友质量不够高？这一次我体会到了。这和朋友的质量没关系，而是是否合适的问题。所以，我还是决定找您，和您谈谈。

真不好意思，打搅您了。这并不是什么好差事，没有哪个人会对别人的事长时间热衷而不厌倦的。即使是热恋中的人，倾听也需要互相交换，你说一段、我说一段，对吧？人的本能决定了人百分之九十关注的都是自己。这与道德无关，是人的自私的基因决定的。我母亲说的。

可是我找您，只能让您一直听我讲了。您不是我的朋友，也不是我的心理医生，我也只能厚着脸皮这么做了。我们素昧平生，仅仅一通电话，仅仅凭一句“我是您的读者”，您就答应了我，真让我又感动又感谢。

您喝茶。这是我特意从家里带来的茶，我怕茶室的茶不好。这个茶是去年我跟一个懂茶的朋友买的,蜜兰香单枞,香气实在是迷人,迷人到奢侈。因为比较贵,我只买了二两。但喝了一次之后,就再也没时间坐下来品它了,差点儿忘了买过它。您闻闻,是不是很香?

我受母亲的影响,很喜欢文学。只是我母亲偏爱古典文学,我更喜欢当代文学。我从上大学起就订了几本文学期刊。您的小说我就是从那些期刊上读到的。我印象深刻的一篇是,您写了一位退休教师,独居,为了打发难熬的日子,她每天都按课表来。比如早上买菜是早读,看报纸是第一节课,写毛笔字是第二节课,还有社会活动什么的,对吧?我印象太深了。课间休息就是做游戏,悄悄趴在门边,猜测那些路过她家的脚步声是谁的。看得我又好笑又心酸。您是怎么知道这些的?您认识这样一位老师吗?不好意思,我是外行。

读您的小说，我感觉您很善解人意，所以我到处打听您的电话号码。我感觉若能和您聊聊，将是我人生中的幸事。

我不是想聊我自己，我这个人挺乏味的，没什么特别的经历。我是想和您聊聊我的母亲。

我的母亲，我该怎么介绍我的母亲呢？

说来也很普通，她是个退休编辑，生于二十世纪五十年代初。在一般人眼里，就是个气质不错的大妈。可是在我眼里，她很了不起，一直是我的偶像，做她的女儿我压力很大。这样说吧，截至今年春天，我一直以为我母亲永远都是那个让我佩服的母亲，不会改变。可能很多子女会觉得，自己的父母会一直在那儿，在他们身后，在某个角落，默默存在着，以备他们不时之需。更何况我的母亲那么强大，在我眼里，她有一个金刚不坏之身和一个金刚不坏之脑，真的，我一直这么以为。

可是没想到她出了问题，且来势凶猛。我一下感觉我的世界都坍塌了。我这才意识到，我的世界是以我母亲为底座的。底座一松动，整个世界就摇晃起来。

我母亲病了，并不是一般意义上的绝症。如果那样，我会非常悲伤，难过，痛苦，但不会混乱。而现在的我，是陷入了混乱。因为混乱，我在和您谈话时可能也会混乱，想到哪儿说到哪儿。您如果不清楚，就打断我，问我好了。

二

就从今年三月说起吧。当生活状态混乱的时候，只能顺着时间之河走了。您过奖了，我哪里擅长表达。不过我的确是个老师，已经有十五年教龄了。

我记得很清楚，是三月下旬，天气已经暖和了，阳光让大地肿胀发亮。那天下课我走出教室，心情愉悦。我喜欢春天，不要说百花争艳了，光树叶都有十几种颜色。我心情愉悦还有个原因，上午的课很顺利，我自己发挥得不错，同学们的反应也可圈可点。

可有时候就是这样，好日子的跟前就埋着一颗雷，你不知道什么时候就踩到它了。我一边走一边从包里取出手机，上课时，我总是把手机调成静音。

一看，居然有三个未接电话，都是小姨打来的，这种情况很少见。

我马上回电话。小姨上来就说，你妈今天和你联系过吗？我说没有啊，怎么了？小姨说，嗨，你怎么不接我电话？急死我了。我说我在上课，手机开静音了。

小姨低声说，你妈好像不对劲儿。我妈？她怎么了？小姨说，今天一早她发信息给我，就一句话：我需要和你谈谈。我一看那么严肃，连忙问她谈什么，她不回我，我又问在哪里谈，她还是不回我。我就直接打电话过去，她不接。我心里感觉不对劲儿，只好给你打电话，你也不接，急死我了。

我说，她可能人机分离了。

小姨说，哪里呀，我还没说完呢。我就干脆去她家了。我想她一个人在家，会不会有什么事。没想到她不在家，更没想到的是，她的钥匙插在门上。我再打电话她还是不接。你说是不是很奇怪?

我有些心慌了,母亲从未这样过。但我还是安慰小姨说,也许母亲有什么急事出门了,忘了带手机。

小姨说,不,以我对你母亲的了解,没那么简单。你知道的,她手机不离身,接电话回信息都很快的,像个年轻人。而且干什么都很有条理,还老批评我糊涂,经常告诫我出门前要念一句“伸手要钱(身份证、手机、钥匙、钱包)”。可是她居然把钥匙插在门上没拔,她这辈子都没发生过这样的事。

在小姨讲述的过程中,我的心不停地晃荡,像十五个水桶,还是漏水的桶,七上八下。我催问,后来呢?

小姨说,我就一直等着,因为她钥匙插在门上,我就开门进屋等她。后来她回来了,若无其事地拎着菜。我总算松了口气,我埋怨她:你干吗呢,怎么不接我电话？是不是忘带手机了？她说带了，不带我怎么买菜。我说，那我给你打了几个电话你都没接？她拿出手机看了一眼，很淡定地说，哦，我开了静音。我说，你怎么钥匙插在门上就走了？你妈这才略略有些吃惊：是吗？不会吧？我说，不然我怎么进来的？你妈说，哦，我出门后感觉要下雨，又倒回来拿伞，就忘了。

小姨说，你妈跟我解释的时候，有点儿紧张，犯了错误似的，也不抬眼看我。她很少这样，她总是底气很足。这一来搞得我也紧张起来，也不敢再说她什么了。

我安慰小姨说，难免的，毕竟她也是奔七十岁的人了。

小姨说，我怎么感觉心里很不踏实？总觉得她跟你爸离婚后，有点儿不对劲儿。你不觉得吗？

我说，他们离婚后我去看过她几次，好好的呀。

小姨叹了口气，说但愿没事。

我挂了小姨的电话，打开微信，赫然发现母亲也给我发了一条同样的信息：我需要和你谈谈。

看来她不只给小姨发了，也给我发了。问题是，谈什么？谈她为什么离婚吗？一个月前当我追问她为何离婚时，她说她还没整理好，整理好了会和我谈的。

我犹豫了一下，没给母亲打电话。我不想让她知道小姨给我来过电话，不想让她知道她今天的糗事已经被我知道了。我若无其事地给她回了条微信：我刚下课。你想什么时候谈呢？

母亲好一会儿才回复了一句：发错了。

这回复实在不像我的母亲。母亲极少发错短信，而且还连续发错两个人，而且还是这样的内容（而不是“周末你们来不来”）。“我需要和你谈谈”，一句多么沉重而严肃，甚至是预示着麻烦的话。

但我没再追问下去。我心里替她辩解，她六十八岁了，奔七十岁了，难免出错。比起同龄人，她已经算脑子很灵光的了。我有些自责，我已经有一个星期没去看母亲了。刚开学太忙。但我还是告诉自己，这不是理由。母亲现在是单身一人，而我是她唯一的女儿。

我提醒自己，母亲不再是过去那盏省油的灯了——过去不但省油，还总给我光亮，我得多去看看她。尤其是，她现在一个人。

我给父亲打了个电话，父亲也没接。父亲没接很正常。我收拾东西准备回家，刚坐进车里，父亲的电话就回过来了。

我调侃说，刚才是不是在麻将桌上，顾不上接电话呀。父亲不好意思地嘿嘿两声。我说，我妈今天联系你了吗？父亲说，没有吧？我看一下手机啊……哦，有条她的短信：我需要和你谈谈。父亲一字一顿地念出来，念出这句让我心里发怵的话。

父亲发牢骚说，奇奇怪怪的，谈啥子嘛？在一起都不跟我说话，现在谈啥子谈，又起啥子幺蛾子。

原来，母亲发错的是三个人。不，说不定还不止，说不定她搞成群发了。幸好她朋友圈人少，据说不超过三十个。我敷衍了父亲两句，直接开车去了母亲家。

您可能不理解，一个六七十岁的老人出点儿差错，丢三落四，有什么可紧张的。但我母亲她不是个一般的老人。容我慢慢讲来。

那天晚上，我在母亲那儿待了很久，陪她一起吃了饭，又陪她聊了好一会儿。我没再提她今天发错信息的事，如果她意识到自己做错了什么，她会忐忑不安。因为，她是个不犯错误的人。我不想加重她的不安，我只是旁敲侧击地询问她最近如何。

母亲就讲了她最近在听的书、在追的剧、在玩的游戏——母亲总是把自己的生活安排得很丰富，她是个游戏高手，什么斗地主、赛车都是小意思，她还会玩《魔兽世界》呢。

整个聊天过程中，我感觉母亲挺正常的，基本没什么异常。

我之所以说母亲“挺正常”“基本没什么异常”，而不是说非常正常，完全没有异常，是因为，我还是感觉到了她的一点儿变化，比如，我感觉到她急于跟我说话，像过去那样滔滔不绝。可是说的时候又经常卡壳，我能感觉到一个词从她嘴里出来时，被某个看不见的东西挡住了。这样的阻挡让她焦虑。这样说吧，以前她总是谈笑风生，现在谈笑依旧，不再生风。

回家后我给小姨打电话，让她放心，我说，我去看过我妈了。她挺好的。今天这事儿应该就是个意外，偶发事件。

但小姨不能释怀，坚持说母亲有点儿反常，坚持认为她离婚后变了。好像非要坐实母亲反常才罢休。我只好反驳她说，虽然离婚是个大事，但我妈不可能因为离婚就反常。因为她不是被动离婚的。离婚完全是她一手策划并实施的。也就是说，离婚是顺了她心意的，干吗要影响情绪呢？

小姨欲言又止，叹了口气。

三

您问我母亲是什么时候离婚的？就是今年。

对了，我应该先跟您说说离婚的事。似乎每件事，都有一个更远的开始，追究起来，不知哪个是真正的源头。

我还是倒回到二月吧。他们是二月离婚的。

您肯定很惊讶。很多人都惊讶，一对已经结婚四十年的夫妇，突然离婚了。一个六十八岁，一个七十二岁，就算不是离婚夫妻中最年长的，至少也是很靠前的。

我母亲素来能干并且强势，以她的能力，把离婚的事打理得波澜不兴，我也不会意外。但母亲打定主意后才打电话告诉我，我还是有些生气，甚至震怒。

当她简单明了地告诉我，她要和我爸分开时，我冲着电话大叫起来，为什么？为什么！

母亲说，你不觉得我们不合适吗？她慢条斯理地说。她总喜欢用反问句式，动不动就反问，好像一反问她就很在理。

我生气地回答说，不觉得！

母亲说，那我来告诉你，我觉得我们不合适。

我依然很生气：不合适？不合适你们也结婚四十年了，都过了金婚了！

母亲依然慢条斯理地说，五十年才是金婚呢。就算是金婚，也没谁规定金婚不能离的。

我母亲是典型的永远有理，真理的妈。我肯定说不过她。她看我那么生气，劝解似的说，你不用那么气，每天都有成千上万的人在离婚，离婚率快赶上结婚率了。我说，那些主要是年轻人啊，你怎么也这么冲动？母亲说，我不是冲动，我很慎重。我说，我倒想知道你有多慎重。母亲说，不急，等我把所有的事情整理好了，就和你谈，我会详详细细地告诉你。

好吧。我气呼呼地说，那我就等你通知我。

我这样说，一个是不相信她真的会和父亲离婚，春节时我们全家还好好地在一起过团圆年呢，还热热闹闹的呢。我总觉得有可能是他们吵了架，一时冲动而已。再一个，我也知道，只要是母亲不想说的事，我问也问不出来。必须等到她想谈的时候再谈。她不喜欢被动。

可是母亲一直没给我打电话，一直没“详详细细地”告诉我。

我有些急，就找了个时间回家，想当面问清楚。没想到等我回家时，父亲真的不在这个家了。母亲说父亲租了个房子，搬出去住了。

这下我真的受不了了，不光是生气，还难过。这不只是她的家,也是我的家呀。妈,你们到底怎么了?我几乎是用哭腔在问她。她沉吟了一会儿说,我们没怎么,是我想分开。我终于忍不住哭了,我说,这也是我的家呀,你怎么能说拆散就拆散?她递了张纸巾给我,小声说,对不起。我甩开她的手,冲出门去。

他们还真的离了,风平浪静的,不光没有"官宣",连亲戚朋友都不知道。您想我这个做女儿的都是懵里懵懂的——离之前没征求我意见,当然,离之后也没给我添什么麻烦,虽然有点儿添堵。

或许添堵不亚于添麻烦。

我准备和父亲谈谈。其实母亲一开始告诉我的时候,我就想去问父亲的,可是我一直抱有一线希望,母亲的提议被父亲否决。以我的直觉,离婚肯定是母亲的意思。但显然,父亲的一票没起作用。

果然,父亲见我问离婚的事,眼里闪过一丝难过，一丝悲伤。但很快就掩饰过去了，用他那种憨厚的笑容，那种一辈子都不在意委屈的笑容掩饰过去了。

他说，嗨，这离婚比我想的好，挺自在的。

我直截了当地问，为什么离？谁提出来的？

父亲看着我，似笑非笑，那意思是说，那你还能想不到？这么“奇葩”的事除了你老妈谁会提出来。

父亲和母亲分开后，租了个房子，就在他们原来的家旁边。父亲解释说，之所以租那个房子（离母亲那么近），是他离不开几个老麻友。父亲搬进去后，马上买了张麻将桌，放在仅有的一室一厅里，把几个老麻友叫到家里，大张旗鼓地打起麻将来。麻友们轮流买菜做饭，倒也其乐融融。

父亲一个月就三千多元养老金。据有人调查后得出结论，中国最幸福的，就是养老金三四千元的人，每天吃了早饭，买买菜（最简单的两三样），打扫一下卫生（小小斗室），洗洗衣服（不用熨烫的那种），就没事了。午睡起来去打麻将，晚饭后去跳广场舞，自得其乐。只要收入超过五千元，就想出国旅游了；超过一万元，就想去海南买房子了，烦恼随之而生。钱可以限制欲望，欲望少了烦恼就少。如此，父亲就属于最幸福的那一类。但我相信，如果能选择，大家都想选择有烦恼但可以折腾的生活。

不过父亲不只有养老金，他还有一个厚实的经济基础，那就是母亲买给他的铺面。差不多三十年前，父亲在修车厂干得不顺心，人太老实了总被欺负。母亲知道后就让他单干。父亲觉得自己一个共产党员，一个复员军人，怎么能单干呢？母亲毫不费力地用报纸上、电视上的大道理说服了他：我们党都以经济建设为中心，你一个党员怎么能不跟上？然后她花两万元给父亲买了一个十平方米的铺面，让他在那里修电视机、冰箱、洗衣机之类。父亲是个动手能力极强的人,什么都会修。收入虽然不高,但比起在厂里还是实惠多了,关键是心情好多了。

后来城市发展起来,扩张很快,父亲的修理铺所在的小街变成了闹市区。那时父亲已经六十多岁了,加上电器越来越智能化,他有些力不从心了。母亲就让他关了店铺,将铺面出租。一个月租金就是三千元,一年有三四万。离婚时,母亲说,这个铺面可以养你一辈子了,即使拆迁,也会有一笔不菲的拆迁费。

这都是我后来才知道的。

父亲笑呵呵地站在楼梯口迎接我,没有我预想中的愁苦。因为知道我要去,他通知麻友们停止娱乐一天,郑重接待我。父亲现在已获得了打麻将自由,想怎么打就怎么打。这么说离婚也有好的一面,至少还给两个人原先的自由。

父亲泡了两杯很浓的花茶,他一杯我一杯——

我感觉他是故意跟母亲对着干，母亲最反对喝花茶，也反对喝浓茶。他说他就是喜欢浓茶，喝浓茶照样睡得好。

父亲灌下一大口茶，抹抹嘴角，颇有些幽默地说，我知道你会来问的，我等着呢。现在我就跟你说。我从头到尾地说，省得你一句句地问。

我说，那最好。我就是想知道全部经过。

四

父亲说，以前呢，我也晓得你妈对我不了然（我觉得父亲这个表达很准确，不是不满意，不是嫌弃，而是不了然），但还是一副将就着过的样子。她退休后还跟我说，我们以后换个房子，有院子的，可以种点儿花草。我心想，看来她已经在筹划养老了。于是就丢心放胆地混日子了。

哪晓得，突然来了个大地震。

那天我打麻将回来，看她一个人坐在房间里，灯也不开，黑黢黢的，饭也没做。我还以为她不高兴我去打麻将了，也不敢问，害怕她拿话堵我，你晓得的，你妈说话很厉害的。我就直接去厨房烧水、洗菜，准备下面。这个过程，起码有二十多分钟吧，她一直没动。我把面条煮好端到饭桌上，喊她，她好像吓了一跳的样子，好像才晓得我在家里一样，那个眼神，是我从来没看到过的。

我打断父亲的话：照你讲的这个样子，我感觉她不是生你的气，是遇到什么事情了。

父亲说，不晓得呢，我没感觉。不过我每天吃过早饭洗了碗，就出去打麻将了。反正在家她也是关在她的书房里，当我不存在。我也不知道她在干什么。

父亲接着说，吃面的时候，她一句话也不说，就是往嘴里扒面，大口大口的，好像饿到了。吃完之后，她收起碗筷就进了厨房。我们两个一直这样的，做饭不洗碗，洗碗不做饭。

我又打断父亲：你没问问她怎么了？

父亲说，你还不了解你妈吗？她不想说的事情，你问得出个啥子哦。她那个心比老井还深。我就打开电视看，她洗完碗也坐到沙发上看电视，看《新闻联播》。播到天气预报的时候，她忽然就说，我们两个分开吧。真的，一句铺垫都没有，上来就说的这句。

父亲说，我完全是蒙的，整个人发瓜(傻)。我晓得她一直对我不了然，但是，真的说分开还是太突然了。我七十二岁了，她也六十八岁了，要说白头到老，已经是白头到老了，咋个突然要分开呢?

你妈居然还笑了，她接着说，你可能不相信，我提出分开是为你好。你和我在一起一直活得不自在、不自由，趁着你现在身体状况还可以，还不算太老，你离开我，可以再找一个对你好的女人，比你小个十来岁，可以照顾你。你还可以过上十几年顺心的日子。

父亲说，亏她说得出这种话!我简直是，找不到方向了，不晓得说啥子好了。我想说，我没觉得现在过得不顺心。又想，这个话不对，我经常觉得不顺心的。我又想说，你是不是在外面有啥子人了？又觉得这话太可笑了，说不出口，她这个年龄。闷了好一会儿我才说，你到底是为啥子嘛？你到底在想啥子嘛？

父亲说，你妈居然拿出一个本子，照着本子上开始说，看来她早已有准备了。你妈说，我只有一个条件，就是我继续留在这个家，你到外面去租房子住。租房子的钱，还有你以后的生活费，我都想好了，一个是那个铺面，每个月的租金应该够你租房子了。你的医疗嘛，除了医保，我十年前就给你买了重疾险，我会把保单交给你的。另外我再给你点儿存款，以备不时之需。租房子也不难，你要是舍不得你那几个麻友，隔壁小区就有房子出租，一室一厅，三千元一个月……

父亲说，你妈根本不管我是不是在发瓜，是不是抓狂，就开始说我们分开后的安排，而且说得特别急，好像不马上说出来她会后悔。她说我们一共有一百八十万元存款，给女儿留八十万元，给我八十万元，她只需要二十万元。我简直吃惊惨了，我根本不晓得我们家有那么多钱。我晓得你妈很会理财，但也没想到她攒了那么多钱。这么一想，离婚也是需要经济基础的，不然的话，她再不安逸，也只能和我挤在一个屋檐下。再一个让我吃惊的是，为什么给我那么多？要分就平分。但你妈说她退休金比我高，总之她认为我应该多分一些。

那整个晚上，基本上就是你妈在说，咋个分配财产，咋个租房子，咋个和你说，咋个向亲戚们解释……全部写在本子上的。原来她早就在计划了，不是才想起的。我简直是个瓜娃子，蒙在鼓里，啥子都不晓得，一句话都说不出来。

我越听越生气，就甩手出门了。我在街上瞎逛，本来很想给你打个电话的，但是害怕影响到你睡觉，我晓得你睡眠不好。晚上说这种事，你肯定要睡不着的。

父亲说，第二天早上我起来，她已经出去了，我想有可能她就是随便那么一说吧，我也就照常出门去打麻将。但是，心神不定的，输了两把我就回家了。进门一看，她已经把我的衣服和生活用品全部整理好了，几个纸箱，加上行李箱，堆在客厅里。另外她还把大立柜腾出来了，说也是给我的，还有好几样电器。看来我不走是不行了。我一个大男人，也不能非赖着她吧。说实话，要不是你外公临走时交代我，要照顾她一辈子，我早就跑路了。真是气人。

我就按她说的，到隔壁小区，找到这个房子，虽然只有五十多平方米，但是一室一厅，还是很适合我一个人住的。你看嘛，有床、有桌子、有冰箱、有电视、有厨房、有厕所，就可以了。我请人打扫了卫生，找了辆小货车，把几件家具电器和几箱子衣服拉过来，就算是分开了。你妈说这个事她来和你谈，我就没给你打电话。我也不晓得该咋说。

父亲说，刚开始的确不习惯，现在慢慢习惯了。你妈居然还跑过来看了我一次，还帮我买了窗帘挂起来，拿了新床单、被套给我换上。我感觉她做那些事的样子，就跟当年送你去住校一样，很搞笑。

我听到这里按捺不住地说，妈也真是的！搞什么名堂嘛。

父亲说，哎，别怪你妈，她还是很不错的，不是把我撵走就不管，还是把我安顿得好好的。你看我啥都不缺，你妈把电视机、微波炉，还有洗衣机都给我了，她说她用不着。全靠她的安排哟，我现在才过得这么滋润。

我无语。我知道父亲是怕我担心。常听人说男人老了比女人老了更怕孤单，不是缺不缺东西的问题，而是缺心理依靠。老男人很难独居的。我可怜的老爸。

我说，爸你要是不习惯，以后就来我们家住。

父亲说，不用不用。我想通了，我要高高兴兴地过日子。说不定还真的像你妈说的，重新找个女人哪。你不晓得，还真的有人想给我介绍呢，五十多岁一个女的。我说，不忙，我先自由一阵再说。

我忍不住笑起来。父亲又幽默地说，我和你妈这种人做过夫妻，一般女人都看不上眼了。哪个能有她那么精灵古怪？

我说，爸，你是不是很后悔娶了妈这样的女人？如果娶个老实本分的，肯定白头到老了。

父亲很认真地说，不后悔。哪个喊我要高攀呢。

我稍稍安心了一些。看来父亲已经接受了离婚这件事，并努力从中找出乐趣。

不过我反而更担心母亲了。从父亲的讲述中可以感觉到，母亲这么突然地发神经离婚，一定有什么原因。这么看来不是因为父亲。正如我父亲说他娶我妈不后悔一样，母亲也跟我说过她对婚姻是满意的。一定是有其他原因。

五

父亲和母亲的婚姻是怎样成就的,我一直不甚了了。

我也曾经问过他们，都回答说是经人介绍的。毕竟那是二十世纪七十年代的事情,是我出生之前的事情。久远到说起来都有些恍惚。今天的婚姻和那个时代的婚姻已经有很大的不同了,从择偶标准到结婚嫁妆都天差地别。不过经人介绍结婚,倒是延续至今。我和我先生也是经人介绍的呢。

只是有一点我感到困惑，像母亲那样的女人，还需要介绍吗？我不信。就算介绍,用过去的话说，媒人还不得踏破门槛？母亲还不得挑花眼吗？怎么会轮到我那个老实巴交、条件一般的父亲呢？

父亲说，他当兵从部队回来已经二十六岁了，各方面条件都不咋样，就是说，家境不好，文化水平不高，工资偏低，还不是帅哥。他父母托人介绍了几个，女方都不乐意。偶尔遇到乐意的，父亲又觉得对方条件太差，他不乐意。于是一晃就二十八岁了。

却没想到，他认为高不可攀的母亲，愿意嫁给他。

这桩看上去不十分般配的婚姻，还是外公做主的。据说是父亲去外公家修电视机，那个电视机是外公一个学生出国给买回来的，外公很看重。电视机修好后，父亲发现电视柜的一扇门关不上了，又主动把柜门修好。外公很感谢，请他坐，请他喝茶，父亲紧张得不行，外公一问情况，父亲就立正回答。外婆留他吃了饭再走，他坚辞，说他妈妈一个人在家，他得回去。

之后，外公便婉转地请人把女儿介绍给他。介绍人有些不解，外公说，我女儿要能跟他，我就放心了。

父亲私下跟我说，在介绍人介绍之前他就知道母亲了。他们两家住得很近，一条街。母亲是他们那条街上出了名的女孩儿，又好看又斯文。但母亲不认识他，应该说母亲谁也不认识，走路从来不往两边看，有时拿着书边走边看，有时盯着路两边的树看。

后来，他去母亲家修电视机。看到母亲他简直头都不敢抬。却没想到有人来介绍给他做对象，他受宠若惊，一问再问，真的吗？是真的吗？你搞错没有？

母亲的说法是，她当时年龄也不小了，进入老姑娘行列了（其实不过二十四岁而已），所以当介绍人告诉她，男方是个退伍军人，共产党员，人老实本分时，她一口就答应了。她希望能有稳定的生活，以便做自己想做的事。

你看中了我爸啥?我曾追问母亲。母亲说,你爸善良。我说,你标准这么低呀,只要人不坏就行了?母亲说,你爸不是人不坏,是善良。人不坏是不会去害人整人。善良是会替别人着想,去帮别人。这两个差距还是很大的,这世上善良的人并不多。

是的,我母亲说起什么都一套一套的。

虽然母亲振振有词,我还是存疑。但对母亲,你不能用追问的方式去获得真相。她掩盖真相的本事超强。你只有去猜测。

母亲从小就会读书,用现在的话说,一直是学霸,考试从来都是第一。不幸读初中时赶上了"文革",学霸和学渣都开始混日子了,混到毕业。后来也和大家一样下乡,下乡三年回来,进了街道工厂,好像是毛巾厂。各种蹉跎后,她对生活完全失去了热情,成天躲在家里看书。

可是到了年龄，就不断有人来提亲，外公外婆见她整日闷闷不乐，也催促她结婚成家。外公的说辞是：人生两件大事，成家、立业，既然指望不上立业，就先成家吧。

于是由人介绍，外公做主，母亲嫁给了父亲。据母亲说，外公很喜欢父亲，直到去世前都念叨说，好孩子，真是个好孩子。

哪知婚后一年，发生了巨大变化：恢复高考了。母亲很激动，想去参加高考，可那时已经有了我，她很纠结。等到第二年，母亲还是忍不住了，跟父亲提出她想参加高考。父亲没反对，他对母亲素来顺从。母亲就丢下不到两岁的我，参加了高考，顺利地进了大学。等到她大学毕业，我都读小学了。

因为这个缘故，我一直和父亲更亲。差不多是父亲把我带大的。小时候是父亲给我洗头梳辫子，是父亲给我读童话，陪我折纸，玩翻绳游戏，当然也是父亲一次次地去学校给我开家长会。后来,每每母亲要我做什么事,或者要带我去哪里时,我总会先看看父亲,等着父亲点头。

我和父亲亲近还有个缘故,父亲更宠我,我们家是严母慈父。母亲对我要求很严厉,近乎苛刻。如果母亲没那么严厉,估计我最多读个本科就完了,我是被母亲强求着读了硕士的。母亲的理由是,我是本科,你必须超过我,不能一代不如一代。可是母亲一定明白,文凭高并不代表"强"。只不过对我来说,不用文凭证明,其他更无法证明了。

父亲溺爱地跟我说,唉,年轻姑娘本来应该打扮得漂漂亮亮好好享受青春的,天天苦读书,真造孽。不过呢,泥巴,你妈让你读你就读,不读会被她说一辈子的,更造孽。我说我明白,反正也没那么难,读就读。

母亲对我和父亲的亲近,一点儿不吃醋,她很顺应甚至是喜欢这个局面，一有事就说“叫你爸帮你做”或者“你去问你爸”。

我谈恋爱时，我男友，就是现在的丈夫，很快看清了我家的格局。他半开玩笑地说，你们家是你妈强势，每逢大事必做主。以后我们在一起，你不会也延续这风格吧？我说不会的，我跟我爸长大的，我不像我妈。

不像我妈，其实是不如我妈，我心里是有些遗憾的。

我虽然和爸亲近，但是一旦遇到搞不定的事，我会先想到去问我妈。包括体检回来我也会和母亲谈，某个指标偏高或偏低，母亲都可以告诉我是否要紧。厨房里的事就更不要说了，我随时请示她。母亲并不热爱厨房，可是一旦烧菜，总是像模像样的，并且有章法。

在他们离婚之前，我一直以为他们是相亲相爱的，至少，是相濡以沫的。突然离婚，而且那么决绝，完全把我搞蒙了。

六

我也和丈夫讨论过父母离婚的事。

我很困惑,如果母亲嫌弃父亲,为什么要到老了才离婚?早就可以离了嘛,从二十世纪九十年代开始,离婚率一直攀升,离婚也不需要单位出证明了。即使是为我着想,我上大学的时候也可以离了嘛,那时他们才四十多岁。现在眼看着已经白头偕老了,却突然分开。很多不和的夫妻,闹了一辈子,混到老之后,不是都收刀检卦、放马南山了吗?彼此都成了需要照顾的老人,彼此便变得珍贵了。

丈夫吞吞吐吐地说,会不会是她身体出了问题?比如,得了绝症,不想告诉我们?我说不会的,去年体检之后她还很骄傲地告诉我,她的体检结果超好，没有哪个箭头朝上或者朝下(即超过或低于标准数值)。还说她底子不好，全拜自己管理得好。今年呢?丈夫问。我说今年她没去，她说没必要年年体检。

你妈就是主意大。丈夫说。这个年龄了居然还离婚，实在是匪夷所思。我说我问了我爸，是我妈提出来的，他是被动的。丈夫说那肯定的，我丝毫不怀疑。过了一会儿他又说，也是难为老爸了。

细细想来，母亲在让我们大吃一惊（离婚)之前，已经有过很多让我们小吃一惊的事了。

比如退休后她跟我说，她想把几十年来研读古文的心得整理出来，她觉得自己有很多观点见解，和别人是不一样的，很想表达出来，只是没想好以什么形式梳理。我建议她以批阅的方式，一段一段地写。现在不都是碎片化阅读吗?母亲说她试试。一年后她告诉我，书稿已经基本完成了，有十万字。我说，太好了，可以出书了。她说没这个打算。我说那你费那么大劲儿干吗？她说做起来很愉快。

接着她说，有两件事最能让她感到愉快，一个就是学习，接受新知识是很愉快的；一个就是表达，把自己的思考表达出来也是很愉快的。人本来就应该不断完善自己，超越自己，让自己强大。我说，你这是尼采的观点。母亲笑道，明明是我自己的看法，怎么功劳归到尼采头上了？

跟着母亲又说，我打算学西班牙语。

面对我瞪出来的眼睛，母亲说，你知道就行了，别到处去说，搞得我喜欢学习还被人当笑话。难道上了年纪就只能混吃等死？

我没法不瞪眼睛。她的英语比我强，已经让我汗颜了，居然还要学第二外语，她花甲已经花了好几年了。

我说，为什么学西班牙语？

母亲说，不为什么，不想脑子太闲。

我又一次瞪大了眼睛。照理说我不该那么大惊小怪，我还不了解我妈吗？她就是个喜欢给自己找麻烦的人，说得好听一点儿是挑战自我。但是，学外语，学西班牙语，还是有点儿出格，她不是二十五岁，三十五岁，是六十五岁。

我说，你可以学书法，学画画呀。

她说，那个不费脑子。我需要锻炼记忆力。

好吧，锻炼记忆力。我羞愧地闭嘴了。为了考职称，我下了死功夫学英语，勉强过关后再也不想碰了。锻炼记忆力？怎么我的记忆力越锻炼越差呢？

鉴于母亲种种异于常人的举动，我便猜想，会不会是她又想折腾什么事情了？比如写书，上老年大学？或者，出去旅行？

丈夫说，不管她想干吗，都更应该留在你爸身边。

是啊是啊，我爸再不能干，做家务还是可以的。洗衣服、打扫卫生、买菜、倒垃圾，全是我爸，我妈只负责掌勺。或者再加一句，我妈只负责有技术含量的事情。

听见我们在议论，儿子在一边插话说，外婆就是害怕失败，害怕她的“人设”崩塌。

我心里刺啦一下，撕开一道口子。嘴上说“不要乱讲”，心里却觉得儿子说到点子上了。母亲总是以争强好胜的面目出现，以战无不胜的面目出现。如儿子所说，她害怕失败。她总是喜欢把什么事情都安排好，按自己的意愿安排。离婚一定也是一种安排。

儿子又说，外婆自己觉得没有什么事情能难住她。

我瞪了他一眼。我瞪他，一个是不许他妄议外婆，另一个更深层次的原因，是烦他完全不像他外婆,还没上初中,就懒洋洋的,经常表现出一副人生无趣的样子,说即便将来能考上他父亲那样的名牌大学,大学毕业找个好工作,再找个好女人结婚,再抚养孩子长大,也没啥意思。“不就是重复你们吗?”这种时候,我真希望母亲能帮我回击他,可惜母亲说她不干涉。

儿子上学前,母亲一直在帮我带他。虽然那个时候她自己很忙,但还是让我把儿子放她那儿,她和我父亲一起带。等儿子一上学,她就还给了我。我耍赖皮,希望她继续帮我。她说,管孩子学习是要伤感情的。我可不想伤了我和牛牛的感情。我说,可是我小时候的学习一直是你管的呀。她说,所以你才和你爸亲呀。我顿时无语。

其实我和我母亲,感情还算和谐,四十年来几乎没有发生过激烈的冲突。不过,也还是没逃过“青春期遇到更年期”那个坎儿。

上高二的时候，我突发奇想要学吉他，其实也不是突发奇想，是因为我喜欢的那个男生会弹吉他，我想和他走近。我记得母亲有一把吉他，可是母亲不同意，第一她不同意我学吉他（她说课业太重，何况我根本没有音乐细胞），第二她不愿意把她那把吉他给我（她说那把吉他非常珍贵）。我于是曲线救国，去找父亲。父亲左说右说，母亲终于同意了，还帮我找了老师。可是，我拿到母亲的老吉他不久，就在那个男生的忽悠下，把它贱卖给了一个吉他行，又添了点儿钱，换了把新的。母亲知道后脸色大变。她说那是外公送给她的，是老牌子。且不说东西本身的价值，关键是很珍贵。我满不在乎地说那把吉他音已经不准了，放着也没用。新吉他拿回家没多久，我的三分钟热情就过去了，一首曲子也没学会。吉他丢在床边落灰，这让母亲更加生气了。有一天放学回来，我心烦意乱，倒在床上什么也不干。母亲叫我写作业，我不动。母亲又让我练吉他，她说我已经很久没练了。我还是不动。母亲连续叫我几遍，我就躺着看天花板，脑子里全是那个男生，他今天和另一个女生打得火热，让我心如刀绞。忽然，母亲拿起吉他，噔噔走到窗边，推开窗户，狠狠地将吉他砸了下去。我们家住在三楼，我听见哐当一声巨响，爬起来扑到窗前，吉他已裂成两半。我目瞪口呆。不是因为吉他，而是因为母亲。我从小到大，没见母亲这样疯狂过。母亲摔了吉他后，冲我大吼一声，你太让我失望了！

这是我和母亲之间唯一一次冲突。多数情况下，母亲都很克制。而我，也比较听话。

我儿子说，外婆不想她的“人设”崩塌。那母亲的“人设”是什么？在我看来，就是理性、智慧、有条理，没有能难倒她的事情。凡事只要她想搞定就能搞定。

我和丈夫也没讨论出个所以然来。我决定不去管这件事(也管不了)。以他们两个加起来一百四十岁的人生经验，尤其以我母亲一个顶俩的脑子，肯定不会是一时兴起，也不会是“激情式犯罪”。一定是把该想到的都想到了，必须离才离的。哪里用得着我的开导劝解？

但现在想来，我真的该和母亲好好谈谈的。他们怎么结婚我不了解，还说得过去，毕竟我不在场；可他们离婚我是在场的，我不该完全放任母亲。

七

两个月后。

以前我看电影的时候，很喜欢出现这样的字幕：两年后，或者几个月后。不知道为什么，也许是希望故事有比较大的进展，有出人意料的情节吧。您有这样的感觉吗？

但事情发生在自己身上，就不一样了。

那两个月，我依然很忙，依然在忙碌的同时担心着母亲。我担心母亲，却又不知如何去关心她，或者说，不知如何去打探她的心事。我们之间一直如此，我总是被动地了解她，她却对我门清儿。我只好暗暗祈祷着，母亲依然是那个什么都能搞定的母亲。

是五月中旬，我记得很清楚。那天下午我正要去开家长会，一个很重要的关于小升初的家长会，忽然就接到母亲电话，说她在外面，特别累，希望我开车去接她回家。我问她在哪儿，她半天没回答，好一会儿才说，我给你发个位置吧。

我一看那个位置，完全是郊区，靠近温县了。我十分惊讶，问她：你去那儿干吗？母亲支吾说，来看一个朋友，朋友本来要送她回家的，临时有事走不开。

我还是感到蹊跷，正想再追问，她忽然很不高兴地说，我从来不用你的车，用一回怎么那么多话？

说来，我现在开的车正是母亲的。母亲五十岁学会了开车，就一直开车上班，退休后把车送给了我。送给我之后她从来没有把我当过司机，从来没随随便便叫我送她去哪儿。

可是我追问她，并不是不愿意去接她，而是怀疑她迷路了,回不了家了。这个让我紧张。

我只好打电话给丈夫,让他去开家长会,我去接母亲。

我到了母亲发的位置,她人却不在。打电话问,她说她在花满都。从那个地方到花满都,还是有些距离的,她怎么转眼跑那儿去了？母亲坚持说她本来就在花满都,她是来赏花的,有个郁金香花展。

我疑窦丛生。刚才说看朋友,这会儿又说是赏花,关键是,那个地点是她发给我的呀。这样不靠谱的情况从来没发生过。

十几分钟后,我总算接上了她。她看到我,一副松口气的样子。但上车后,她坚持要坐在后面,理由是想眯一会儿放松一下。我猜她是不想和我说话,怕我刨根问底。也许她跑这么远,是来看一个不想让我知道的老朋友？她有什么秘密？

我从后视镜悄悄看她,她的脸色很差,看上去十分疲惫,比之春天时似乎老了不少。最重要的是眼神,以前她的眼睛总是很有神,现在却显得茫然,她盯着窗外,一头白发稀稀疏疏地覆盖在头顶。我有些心疼,毕竟,她也是奔七十岁的人了,即使是钢做的弩,也会锈的。

母亲忽然转过脸来看着后视镜,和我的目光对上了。我连忙假装不在意刚才的事,开玩笑说,妈,你猜我从镜子里看到你的时候,想到什么了?母亲不吭声。我说,我想到美杜莎了!

母亲依然面无表情。

我上中学时,有一次写作文,要求必须写一个神话。母亲就给我讲了希腊神话美杜莎的故事。美杜莎原本是一位美少女,因为漂亮,又因为被海神波塞冬疼爱,很骄傲,在智慧女神雅典娜的神庙里公然说,她比女神还要美。雅典娜被激怒了,施展法术,把美杜莎的一头秀发变成了无数的毒蛇,美杜莎成了一个妖怪。更可怕的是，她的两眼闪着骇人的光，任何人哪怕只看她一眼，就会立刻变成一块石头，所谓“石化”可能就是这样来的。美杜莎因此成了一个人人避之不及的孤独女妖。宙斯之子珀尔修斯想灭掉美杜莎讨好雅典娜，可是又怕被她的目光石化，就想出一招，将盾牌磨得雪亮，然后背过脸去，用盾牌做镜子找出美杜莎，割下她的头献给了雅典娜。

母亲给我讲完故事后突然说，我觉得珀尔修斯既然用光亮的盾牌做镜子，那么，结局可以是另一种：美杜莎从镜子般的盾牌里看到了自己那双骇人的眼睛，一下把自己石化了。

我当时真的被惊到了，拍手叫好。

我跟此刻坐在我身后的母亲说，你还记得这事吧？母亲依然面无表情，很淡漠地说了句，是吗？有这事？

我说，当然有。我还把你讲的这个结局写进了我的作文里，那次作文老师给了我一个大大的好评。

母亲嘴角动了一下，有了些笑意：你们那老师还算识货。

读中学时，我的一些自认为写得有意思的作文，经常被老师低分处理，我回家和母亲喊冤。母亲说，千万别以老师的标准为标准，说不定他的文章还狗屁不通呢。老师的权威就这样被母亲打掉了。有一次班级讨论我入团，一个同学说我“说话太重，不注意团结同学”，竟然没通过。我回家很委屈地告诉了父母。父亲说，以后说话乖一点儿，女孩子家家的，要温柔。但母亲说，这不能算缺点，说话重，说明能击中要害。

其实这正是我像母亲的地方，虽然只像个皮毛。

我经常被母亲的话惊到。比如，她会认为一件衣服穿两天就应该脱下来，即使没脏也要放一放，因为“纤维会累的”。又比如，她认为小孩子吃零食不是什么毛病，要有“大粮食观念”。还比如，当我为某事想不通钻牛角尖时，母亲会说，马桶都有两个按钮，你脑子怎么就一个开关？

她让我买豆浆喝，说女性过了三十岁要补雌激素。那时还没有豆浆机，我跟她抱怨说，一袋豆浆一次喝不完，分两次喝又不够。母亲很不屑地说，难道你不可以每次喝三分之二倒掉三分之一吗？总共两毛，是健康重要还是倒掉的几分重要？我哑然。

有一次母亲洗了被单晒在楼前，竟被人收走了，是才买不久的新被单。过了些日子，那人竟大模大样地洗了又晒出来。母亲从阳台上指给我看：那是咱们家的。我气不过，要去找那个人要回来。母亲说算了，一个贼睡过的你还想睡吗？

最近一次她把我逗乐，是在我家里，她看到我在敷面膜，问我在干吗。我说保湿。母亲说，你们这些女人一天到晚保湿，恨不能浸在水里过日子。也不想想，楼兰公主历经两千年不腐烂，全靠干燥。

我咧嘴大笑，面膜都掉下来了。

这样的母亲，怎么会糊涂呢？怎么会找不到回家的路呢？我打死也不愿意相信。可是，怎么解释下午的事？

八

那天，我把母亲从郊区接回来后，一起吃晚饭。我请她去花园餐厅吃西餐。母亲的情绪慢慢好转。其实她吃得很少，就点了一份鹅肝，一份沙拉，一份土豆浓汤。也许是那个餐厅的氛围，让她有一种熨帖感。我一个字也没再提下午的事。虽然我确信她不是去看什么郁金香，也不是去看什么老朋友。一定是有不愿意告诉我的事，然后，突然不能自己回家了。

我保持微笑和母亲聊天，内心却感到焦虑，脑子里不断想到很多老人走丢的事。可是，母亲不应该呀。我无论如何也不相信母亲会步入这个行列，且不说她还不到七十岁，关键是她那么有活力。

就是去年，我和她一起出门，远远看到我们要坐的那辆公交车来了，我依旧慢条斯理的，感觉赶不上，母亲会大喊一声：快！撒腿就跑。我不得不跟着跑。

忽然，母亲说，我脑子不如从前了。

我心里咯噔一下，她可从来没承认过自己脑子不好使。难道她意识到了什么？我正想安慰她，她却说，我从网上买了个魔方，可是不会玩了，看了说明书也没学会。

我哭笑不得。我说妈，那个东西就是小孩儿玩的。

母亲说，什么大人小孩儿，只要智力够，都应该会。

我说，那好，这个周末你过来，让牛牛教你。他很会玩。

母亲一下子高兴了，大声说，好，让牛牛教我。

看看，竟然还想玩魔方。我心里放松了一些。

送母亲回家后，我给父亲打了个电话。我想跟他说说下午的事，我需要找人说。我心里发慌。可是在听到父亲声音的瞬间，我改变了主意，我只是和他闲扯了几句，问他最近手气好不好，生活习惯不习惯，有没有需要我买的东西。父亲一一作答。挂电话前父亲忽然问，你妈还好吧？

我顿了一下，回答说，她挺好的。

我不想说。我怕父亲又担心又无奈又生气。既然他们已经离婚了，就让他安生一点儿吧。

但我总得跟人说说。我就跟丈夫说，我妈不对劲儿，她不是打电话叫我去接她吗？居然说不清楚自己在哪儿。你说她是不是找不到家了？现在经常有老人走丢的事。丈夫安慰我说，她可能就是累了，或者跟女儿撒个娇，坐坐女儿的车。我说，不是的，我感觉她眼神涣散。丈夫说，你也经常眼神涣散，不要瞎想。

我还是感到很忐忑。我实在想不通母亲怎么会突然糊涂。一年前她还说要学西班牙语,怎么说糊涂就糊涂了?难道是我没察觉?

第二天下午,我买了些菜和点心,直接去了母亲家。

自从发生把钥匙插在门上忘了取下的事情后,母亲竟然去换了一个密码锁,换好后还让我去录了指纹。她颇有些得意地说,我现在出门不需要“伸手要钱”了,“伸手”就可以了。我当时很高兴,母亲还那么能干,我想,母亲还是原来的母亲。

院子里的看门大爷见到我,出来和我打招呼。你是祝老师的女儿吧?我点头。他说,嗯,有个事情我想告诉你,你妈最近,这个,有点儿奇怪。我心里一紧,怎么了?大爷说,她送了好几样东西给我,说是家里用不上,搁着浪费。我问,什么东西?他说,就是衣服鞋什么的，还有两口锅。大爷说，她以前也给过我东西，但这次给我的都还挺新的，其中还有羽绒服。我怕她，那个，糊涂了。

大爷真是个好人。我掩饰着不安说，哦，没事儿的。她最近在清理房间，可能想处理掉闲置的东西。

我想起父亲说，搬家时，母亲也是把新被套、新床单以及电风扇、取暖器什么的，全给了他。理由是父亲不会买，她会买。再一想，今年春节，她也把几样贵重的首饰给了我，理由是她老了，不会再戴了。

她这是要干吗？当然，我也可以这样想，母亲是个把什么都看得很通透的人，做这种事很正常。母亲常说，人生就是加减法，只加不减会溢出来。所以有些减法要主动做，比如，放弃一些不必要的名利，放弃一些不必要的财富。退休前，出版社曾经两次评选她当先进工作者，她都坚辞不受。她还给自己做了个规定，每年生日必捐一笔款。她跟我说，不能只进不出，要收支平衡。

您很赞成她的观点是吗？太好了。其实我也挺赞成的。不但赞成，已经接受了，我现在也学着她，每年生日捐一笔款，当是给自己的生日礼物。这样做，感觉心里很熨帖。

但是现在，在她连续出状况的时候，门卫大爷的话只能让我忧虑。

进门，母亲不在家。家里依然很安静，而且满是陌生的气味。照理说我常来这里，应该有点儿熟悉才对，不知为何依然被陌生的气息环绕。我的唾液、皮屑、体味、毛发，都没沉淀下来吗？还是母亲气场太强大，没了我容身的地方？

我四下张望。家里猛看上去和原来差不多。细看，就会发现有很多不同，比如到处是灰。母亲是个相当爱整洁的人，家里如果乱糟糟的，她宁可不吃饭也要打扫。难道现在一个人过，真的变了吗？

我注意到魔方丢在沙发上，一旁的小茶几上有个备忘录：上面横七竖八写了很多字，谁来过电话，以及某人的号码。饭桌的玻璃板下，压着一张纸，上面写着：二季度煤气费已交，七月再交。已预存电费、电话费（含网络费）各一千元。

母亲一直有写备忘录的习惯。她工作时，常把作废的书稿清样带回家，利用反面做各种记录。比如，本周内必须完成的事，一二三四五六七……或者，出差前需要处理的事，也是一二三四五六七，有的甚至排到了十几。也有一些生活备忘，比如过年需要采购的东西，最近需要开的常用药。她跟我说，这是她从外公那里继承的习惯，外公说，把要做的事写出来，心里就清爽了。做好一件，画掉一件。

我读中学时，母亲对我的散漫很不满，特意给我讲了苏联著名科学家柳比歇夫的时间管理法，还让我读了那本写他的书——《奇特的一生》。读完后我的感觉是，柳比歇夫根本不是人，是神，居然能做到每一分钟都不浪费。这样的神的生活方式，我无法效仿。不要说柳比歇夫，我连母亲也效仿不了。母亲虽然不像柳比歇夫那么精确，把时间安排到了每分钟，但她至少是安排到了每小时。不过，成年后，我多少还是受了些影响，我现在至少会每天记个流水账，做了哪些事，不让自己过得太糊涂。

我走进厨房，打开冰箱。发现里面整整齐齐地摆放着很多小号密封盒，我取出来看，里面是一盒一盒的炖肉，好像是牛肉烧土豆。另外有一大盒油炸花生米。母亲很喜欢吃花生。盒上贴着纸条，周一到周五，五盒。我马上明白了，这一定是母亲为自己准备的菜肴。烧一次肉分成五天的份，吃的时候再配个蔬菜。至于周末，她会去我家，或者我和她出去吃。

我心里微微发酸。我几次和母亲说，她可以去我那里住，我还找了很多理由，比如可以陪外孙玩，比如和我聊聊天，一起追剧。我还事先买了沙发床放在书房里。但母亲坚决地说，这件事不要讨论，完全没有可能性。我又试探着说，那我过来住可以吗？她拉下脸说，干吗，我生活不能自理了吗？

不过，我又觉得，能这样安排一日三餐，说明母亲依然是有条理的。不必太担忧。

我放下东西，关好门离开。

九

刚刚走进来一对老夫妻，您注意到了吗？就是坐在对面靠窗位置的那对。对对。我的父亲和母亲，猛一看就是那样的。一个头发稀少，一个头发花白。

也许是家族遗传，我母亲四十多岁就开始长白头发了，但她从来不染，任白发覆盖整个头顶。偶尔在外面相遇，我总是第一眼认出那头白发。也因为白发，还没退休时她就经常被人叫奶奶。我问她为什么不染染，小姨就要染，小姨也是早早有了白发。我妈说，我可不想拿那些化学的东西折腾脑袋，脑袋很重要。

虽然我说父母的外貌很像那对老夫妻，但实际上完全不一样。首先我母亲是不会跟父亲一起出来喝茶的。当然她也不跟我出来喝茶,她没这个爱好。她会说在家喝不是更方便吗?还可以兼顾着干点儿别的。其次,如果他们一起外出,也完全不像夫妻。几十年一个锅里吃饭,日积月累的相似的肠道菌群,也没能拉近他们的容貌和气质。他们自身的顽强的基因都没有打败对方。

容貌还是次要的。他们的家庭背景,受教育的程度,都大相径庭,如同我的名字,有云泥之别。

我有时候想,母亲给我取这样一个名字,是不是暗喻了她与父亲的结合,暗喻了她的心性与世俗的差距,理想与现实的差距?父亲虽然并不完全明白母亲给我取"云泥"这个名字的意思,但他以他的本能反抗。很多文化程度不高的人,本能都很强大。自有这个名字起,他就没叫过,他叫我泥巴。面对母亲的质疑,他回答说,泥巴响亮。我也喜欢父亲这么叫我,好听,亲切。母亲没有坚持,任父亲这么叫了。

这是母亲的通达之处，在牵扯到其他人时，她不认死理，不死磕。

他们的“云泥”是从祖上开始的。我的爷爷奶奶是地道的农民，再往上推还是农民——我这里只陈述客观事实，没有好恶。而我的外公外婆都是文化人，他们毕业于那个现今已经消失了的东吴大学。再往上推，我外公的父亲是状元，做过官，外婆的父亲则是商人，经营茶叶和丝绸，在当地号称罗半街——家里的房子占了半条街。

我姓了父亲的姓，卢，用了母亲取的名，云泥。卢云泥，代表着他们之间的融合与差异。我不愿意说母亲是下嫁，更不愿说父亲是高攀，我只能说父亲和母亲不是门当户对的婚姻。

父亲怎么可能架住从这样一个家庭走出来的女人呢，何况这女人还漂亮，还聪明。有时我想，这辈子真是难为了父亲。反过来说，不是也难为了母亲吗?

何况一对夫妻,哪能完全平等? 完全半斤八两就无法咬合了。这是我母亲的观点。比如在他们家,父亲的地盘很小,除了卧室里的半张床、一个衣柜、阳台上的一个沙发和厨房里的锅碗瓢盆，就没有了。母亲呢,除了上述几样,还有个书房,虽然只有七八平方米,但全属于她。另外她把客厅也变成了书房,两面墙都是书架,书架中间是一张大木台,堆满了她的资料,和她偶尔写毛笔字的那些家什。沙发就一个单人的,多数时候都是她在坐。

父亲对这样的格局从未表示过异议。他觉得母亲就是应该多占有空间,“她要做事的嘛。那些书我又看不懂。”四十多年来,他们就这么一直令人费解地相安无事,齿轮咬合得很好。

实际上就我的观察，母亲对父亲还是很好的，她从来没对父亲发过脾气,总是和颜悦色的。有时候眼神里会有些不耐烦，但说出来的话还是温和的。父亲退休后喜欢打麻将，她从不反对：去吧去吧，在家你也无聊。父亲的视力不太好，她就从网上给他买叶黄素吃。父亲身上的衣服鞋袜，也都是母亲买的。作为一个妻子，她是尽了责的，不管她心里怎么想。

就算是嫌弃父亲（我总觉得“嫌弃”这个词不准确，可也想不出其他的词），我也从来没发现母亲生活中出现过什么其他参照（男人）。她也参加同学聚会，也参加同事聚会，也经常约见作者，都平平淡淡的，没见过她说起谁眼睛发亮。难不成是母亲太过聪明，太过明白，每个出现在她面前的男人，都被她一眼瞥见之后就一览无余了？还来不及散发荷尔蒙就被她拍死了？这个完全有可能。如此想，我庆幸自己身上有父亲的愚钝。有愚钝，才能享有凡人的幸福吧。

有人说，鞋子合不合脚只有脚知道，夫妻是否般配外人并不清楚。但是，作为最接近他们的“外人”——我，还是感觉他们不合适。无论从母亲那里还是从父亲那里，我都感觉到他们不般配——虽然他们并不吵架。不吵架不等于和谐，或许是某一方自动禁言。我还是少女的时候，就暗暗想，将来一定要嫁一个门当户对的男人，哪怕这个人不顺从自己，哪怕成天吵架（势均力敌才会吵架），也好过父亲母亲那样的局面。

我的父亲太普通了，长得普通不说，一辈子业绩平平。从农村出来当兵，当了五年兵就退伍。因为在部队学会了修车，退伍后就在汽车修理厂当修理工。恐怕一辈子最风光的事，就是在部队当过一回“五好”战士了。

母亲呢？形容母亲要用很多个“不但……而且”，不但漂亮，而且聪明；不但五官端正，而且身材也好；不但聪明，而且勤奋；不但受过高等教育，而且不是书呆子(擅长做家务，擅长理财，还擅长玩各种软件)。这样说吧，母亲就像那个永远的“永”字，横竖撇捺点，一样都不少。而父亲呢？父亲最多就是个“正”字了，有的笔画太多，有的则完全缺失。

有一次我把自己的这个比喻告诉了母亲。母亲难得地笑了，说我还挺会形容嘛。我也觉得自己形容得有趣。但母亲随即补充说，你没看到我有很多缺陷吗？大缺陷，我不懂音乐，不会画画，艺术细胞很缺乏。我说，那是细节，就好比“永”字上面那个点不够饱满，或者右边的捺没拉到位。

母亲笑容满面，很开心的样子。我知道她开心并不是因为我夸了她，而是因为我们能这样聊天，用她的话说，很有营养。母亲经常会说，某人说话实在是寡淡，一点儿营养没有。

母亲继续发挥说，如此说来，我这个“永”字不是颜真卿写的，也不是欧阳询写的，是我爹妈写的，笔画虽然齐全，却不够漂亮。

说完她哈哈大笑，笑得我也被感染了。我说行了吧妈，别那么苛刻了，有几个人的人生是笔画齐全的？比如我，就跟我爹差不多，有的笔画多了，有的没有。

母亲立即正色道，瞎说什么呢，你缺什么，说说看。我说，我既没你漂亮，也没你聪明。母亲说，我觉得你很漂亮，你看看你皮肤多好，而且头发又黑又亮。至于聪明嘛，你看我就一个本科生，你可是有硕士学位的。你读的书比我多。

我笑笑不再说，我从来说不过母亲。但母亲随后补了一刀（或者算锦上添花）：最重要的是，你有爱情。你的爱情可以秒杀我的“永”。

或许母亲这样说，并不是为了表明她认为我有爱情，只是为了表明自己没有爱情。有时候人更想表达的是没说出来的那层意思。我知道母亲一直这样认为，她不曾拥有爱情，她在我父亲面前也不讳言。

我大胆推测说，我不信你没有爱情。你年轻时候那么漂亮，肯定有很多人追你。母亲说，还真没有。

我感到不解。很多女人年迈后，一说到年轻时的风光，总还是很骄傲的。母亲却不是，她的淡定不像是装的。我说，那一定是因为你太高傲了，人家不敢追。

母亲笑笑，谁知道呢。有一次出版社开年会，我们社一个老编辑跟我说，你知不知道，你刚进我们出版社的时候可好看了，眼睛亮亮的，脸颊红苹果似的，都不像做学问的。我有点儿尴尬，心里却说，为什么现在才说？为什么要等到红苹果晒成苹果干了才说？

我和母亲一起乐起来。其实类似的话，父亲说过。父亲跟我说起母亲年轻的时候是如何美如何动人时，目光里充满爱意和柔情。我想，父亲是有爱情的，单方面的爱慕也是爱情。

我用另一种方式问母亲：你是不是觉得，年轻时没有轰轰烈烈地谈几次恋爱还是挺遗憾的？没想到母亲说，不遗憾。男女之间就那么回事儿。站在人生的终点去看，那只是一个很短的阶段，痛苦也好快乐也好，都很短。但很多人因此付出了终生，不值得。

母亲又说，人的欲望是很多的，必须随时删减，不然就乱套了，欲望之间一旦互相冲突，就会一事无成。所以我把爱情删除了，留下了婚姻。我的婚姻至少可以得个良。

母亲关于婚姻有一整套理论。她说很多人的婚姻都是不及格的，但因为种种原因无法补考。只好自己做自己的老师，闭着眼加分，勉强过关。她说不及格的婚姻比比皆是，以至于成了常态。

但是，她居然说自己的婚姻可以得个良。

我惊讶：你真这么觉得？

母亲说，真的。你父亲给了我一份稳定的安全的生活，如果我当初找个大才子，或者找个大帅哥，爱得轰轰烈烈，那日子很可能会过得很折腾，很耗神，然后一事无成。从这点上说，我是很感谢你父亲的。鱼和熊掌，我还是想要熊掌，熊掌稀少。

这样的母亲，对我来说，亦喜亦悲。喜自不必说，悲的是，自己差得太远。

可是现在我忽然意识到自己以前说“亦喜亦悲”是多么矫情。哪里谈得上悲，不过就是掩饰自己的无能罢了。现在面临的，才可以叫作悲。母亲也是会老的。这么简单的道理，我竟然今天才明白。

十

请原谅我的啰嗦，我真的有些混乱，东拉西扯。毕竟我不是在讲故事，我是在讲一个人。说得抽象一些，我在讲一个人的生命形态。可是这样的生命形态，即使所有的细节都真实无疑，也依然会让人觉得不可思议吧？

您觉得有意思？那太好了，我接着讲。

前面我说，母亲突然打电话给我，要我去郊区接她。那件事让我焦虑了几天，有点儿忐忑。可是接下来，她似乎又平安无事了，又回到从前了。有几次我说去看她，还被她拒绝了，她说她不在家。她似乎给自己安排了很多活动。“有什么你就在电话里说吧。”她这样说，那我也就顺水推舟了。

以前每个周末，总是我们一家三口回去看他们。他们离婚后这样的聚会没有了。我们叫她过来，她总是推三推四。我不清楚她在忙什么。但我总觉得忙就好，不是一个人在家发呆就好。

可是没那么如意。

那天我正坐在儿子的教室里开家长会，年轻的老师正一脸严肃地给我们讲目前小升初的严峻形势。我越发焦虑。与其说是儿子面临小升初，不如说是我。遇上这么个满不在乎的儿子，我焦虑倍增，恨不能拿枪顶着他复习。

忽然感觉手机振动，我不由得一阵紧张。现在人们已经很少直接打电话了，大多是发信息，一旦直接打电话，总是有什么不得已的事情。自从母亲出状况，我就手机不离身了，即使开会也是调成振动而不是静音。一看是个陌生的手机号，我按掉了没接，可是对方又打过来了，如此执着，显然不是什么广告。于是我回了条短信：哪位？我在开会。

一条短信回过来：你母亲在我们这里，请速回电话。

我吓一跳，迅速猫腰离开了教室。电话打过去，是个男人。他说他是出版社的保安，刚才他在门口遇见了我母亲，他和她打招呼，问她过来办什么事，母亲竟然说她过来加班，有一本书稿没看完。

保安师傅知道我母亲已经退休几年了，就问她怎么没出去玩。母亲愣了一下，似乎意识到了什么，她突然笑了一下，说我是来看看有没有我的信件。母亲的反应依然很快。保安师傅问她，您还记得我吗？母亲笑眯眯地说，哪能不记得。但明显是在敷衍，她不记得他了。以前她总是叫他小周师傅。

母亲进到收发室，仔细翻看那堆无人领取的邮件。小周师傅在一旁说，祝老师，我想咨询一下孩子高考的事。问问您女儿呗。您女儿不是在大学里吗？

母亲很快将我的电话给了他。小周师傅就趁母亲看报纸的时候,跑到门外给我打了这个电话。

小周师傅说，我老在网上看到老人走丢的事，我有点儿担心她。退休那么多年跑来上班,有点儿不对劲儿。

我心慌意乱的,先谢了小周师傅,衷心地感谢,然后,镇定了一下,打电话给母亲。

母亲倒是很快接了我的电话。我若无其事地说,你不在家呀?我今天正好有空,想去你那里找个资料呢。母亲说,我出来办事。我说,那我来接你,你在哪儿呢?她说不用接,我在出版社,一会儿坐十六路公交就回家了。

听电话,很正常,太正常了。也许刚才她是一时恍惚？但我相信保安师傅不会无缘无故担心的,她一定又出现那种恍惚的眼神了。我刚要挂电话,母亲又来了句,我正要找你。我需要和你谈谈。

不知为何，这话有点儿瘆人。

我没去接她，我相信她能回家。那条路线她走了几十年。最重要的是，母亲一旦明白过来自己犯了那样的傻，会无地自容。用我儿子的话说，“人设”崩塌。那对母亲来说是要命的事。

可是，如果母亲真的跑去上班，那比发错信息，比钥匙插在门上，在外面回不了家都要严重。那是真的有问题了。

我随手买了些熟食和水果，来到母亲家。就在我去冰箱放熟食时，又一件让我心惊肉跳的事发生了。我在母亲冰箱的冷柜里，看到一团蓝色的东西，拉开一看，竟然是双袜子！

我的心咚咚咚地跳，好像发现了可怕的秘密。母亲竟然把脏袜子放进了冰箱！我拿出袜子，关上冰箱门，发现门上贴了好多纸条，就是那种黄色的蓝色的粉色的黏纸：“记得关气阀！！”（竟然是两个叹号。)“烧菜时不要走开!”“睡觉前倒一杯水放床边。”

我紧张起来,进屋四处打量。母亲的房间越发凌乱了,东西似乎也少了不少。书房的桌子上,依然堆着很多备忘录,不同的是,上面写的不再是本周要做的事,而是今天要做的事,每天一张,都有日期,并且非常具体,细化到洗衣服,晒衣服,买卷纸,去社区医院开药,喝三杯水……在晒衣服后面,还加了一句:一定不要忘了晒。

忽然,我在其中一张纸上看到一句:下午去德仁医院。看日期,是半个月前,好像就是她叫我去接她那天。难道她是跑到那家医院去了吗?她不想让我知道,就骗我去看老朋友?会是家什么医院呢?

我拿出手机想上网查一下,忽然听到开门的声音,连忙窜回客厅,在沙发上坐下。

母亲进门,表情一如往常。我也装作什么都不知道的样子，看着自己的手机，心里却在扑腾。

难道母亲真的是，真的是像小姨预感的那样，得了阿尔茨海默症？不可能。不可能。我无法相信。这比我自己得了病还要难以接受。我在心里激烈地反对，就好像我激烈反对，事实就不存在了。

母亲淡然地看我一眼说，你怎么来了？

我说，刚才不是给你打电话了吗？我过来找资料，然后和你一起吃个午饭。母亲顿了一下，说，哦，来了正好，我跟你说个事。

她转身去厨房。我拿起桌上找好的一本书跟进去给她看。我说，这本书我借用一下。母亲说，尽管拿去吧。她打开冰箱，把买回的饺子放进冷冻室，说，饺子涨价了。

我说，你要跟我说什么？

母亲关上冰箱门看我一眼：就是那个，那个……我提示说，是关于书吗？母亲盯着我，好像答案在我脸上。我揽住她的肩膀说,不急,想起来再说。她忽然说,噢,我是想问你,你们家还有没有空地方?我想把家里的书全部给你。我说那怎么行,都是你的宝贝。母亲说,宝贝也可以换主人。

过了一会儿,母亲又说,我真的在考虑这些书的去处。我现在已经很少用它们了,其中有一部分是你外公留下的,版本很珍贵。你小姨也用不上。如果你也用不上,我打算捐给我母校。

我说,我没意见。还是捐给大学图书馆比较好。我们家还真没地方放。再说现在电子书更方便。

母亲坐下来,盯着我,两眼瞪得很大。但我感觉到她不是在看我,是盯着她面前一个虚无的世界。我心里有点儿发毛,叫了一声,妈。她回过神来,看着我,说,我要和你谈谈。

我说,好的。但她又不说话了,又进入了虚无的世界,神情恍惚。我只好找话说,你今天去出版社干吗？她顿了一下，回答说，我去找资料。我小心翼翼地问，不是去上班？

她突然不高兴了：我怎么会去上班？我都退休好几年了。是不是那个门卫跟你瞎说什么了？我看到他鬼鬼祟祟在打电话。我连忙掩饰：什么门卫？没有啊。她似信非信，还瞪着我。我说，是你自己跟我说的你在出版社嘛。她缓和下来：我就是去看看有没有我的邮件。有些人还是习惯把我的邮件寄到出版社。

看母亲那么确定，这么有板有眼，我想，有可能真的是保安多疑了。我多希望是小周师傅瞎说的呀。可是，冰箱里的袜子又作何解释呢？满屋子的小纸条又作何解释呢？但我问不出口。

我别有用心地说，我最近老犯糊涂。牛牛他爸说我每天在家就三件事，找东西，找东西，找东西。母亲说，这可不好，你还这么年轻，就犯糊涂。

口气一如既往。

母亲又说，你放东西一定要有规律，什么东西在什么位置，这样就不会老找。比如，证件放在哪个抽屉，药放在哪个抽屉。养成习惯。我是被你外公训练出来的。小时候我从来不敢说“我忘了”这句话，外公的口头禅是，年轻人的字典里不能有“忘”这个字。

仍然一如既往。

我只好放弃引诱，问，你刚才说想和我谈谈，是什么事？

母亲说，今天算了，改天吧。

我又想起了冰箱里那双蓝色袜子，实在是刺目，刺心。我便试探着说，妈，要不你请个钟点工吧，帮你做做家务，你好安心看书。其实我是希望有个人每天来家里，避免她出意外。

母亲断然回绝道：不必。

母亲依然是强硬的母亲，这让我喜忧参半。

十一

我得再跟您讲讲我的母亲，说说她是个怎样的人，那样您才能明白为什么我那么拒绝承认母亲会变糊涂，或者说，母亲她那么拒绝承认自己会糊涂。

母亲虽然声称自己没有爱情，但我感觉她的人生还是充实的、愉悦的，因为她在事业上找到了乐趣，乐此不疲，是那种真正的热爱。

母亲从小就喜欢古文。据她讲，小时候没什么书可看，偶然在外公的书架上找到两本《古文观止》，一篇篇读下来，产生了很大的兴趣，于是问外公还有没有这样“好看”的书？外公很是诧异。夜深人静时，便从床底下拖出一个箱子，里面装着几十本已经有了霉味的“好看”的书，是外公偷偷藏起来的。外公说，这些书都可以给她看，但是，第一不能带到学校去，第二只能晚上看，第三不能借给任何人。于是从那以后，她每天晚上都不出门，在家里唯一一盏台灯下看那些书。先后读了“四书五经”以及《唐宋文举要》《乐府诗集》《朱子及其哲学》《绿野仙踪》《聊斋志异》，还有八卷本的《戚蓼生序本石头记》。不论横排本的竖排本的，都挨着读。

参加高考，母亲的数学没考好，得了六十分，语文却得了八十五分，是他们年级中语文的最高分。后来得知，数学六十分也是他们班的高分了。毕竟他们那代人几乎没机会上课。母亲说，拿到卷子，很多题都没见过。大学毕业时学校想让她留校，她却一门心思喜欢故纸堆，最后如愿以偿，分到了古籍出版社。她曾经跟我说过几次，我很幸运，以喜欢的事作为职业。她很投入很专一的，把几十年的职业生涯全部给了古籍书。从普通编辑一直做到编审，不仅是他们出版社的业务骨干，还是古文学会的骨干，经常被请到大学去讲课。

母亲也曾经有机会当社领导的，被她坚辞了，她说自己不适合当领导。于是一直埋头编书，做编辑做到退休，退休后还被返聘了几年，后来因为眼睛花得厉害，大概快六十五岁了，才彻底离开了出版社。

其实，母亲并非像她说的不适合做管理人才，聪明的人往往样样精通。她是个兴趣广泛的人，什么都肯学，很早就开始用电脑了，作图软件，幻灯片软件，她都会用，也很早开始上网，QQ号都是八位数的。在他们那代人里，应该是少见的。

有一回我看她在用手机扫描旧书上的资料，转换成word文档再整理，惊叹不已，夸她能干。她不以为然地说，人家都能发明创造出来，我还能连用都不会？人和人的差距不能那么大呀。

母亲的好学常会让我想起亚里士多德的观点，人生就是追求卓越，人若能将自己的潜力发挥出来,就是成功。

母亲不只是追求卓越,还喜欢与众不同,比如她出去旅游,就喜欢一个人走,自己做攻略,自己上路。这样的旅游她有过两次,一次去了川藏线,一次去了新西兰。她说找伴儿麻烦,我却觉得她是不屑和其他人为伍。

跟您说两个我母亲的段子吧。

一个是,有一次她看中一双鞋,很贵,是个没见过的牌子,卖鞋的小姑娘便大肆做广告说,这是一线品牌,很多大明星都穿,你可以上网去查。随后她又补了一句,你如果不会上网,就让你孩子帮你查。

母亲放下鞋,拿出手机说,小姑娘,你把你的手机拿出来,我们比一下,看谁更会上网？小姑娘愣了。母亲说，我敢说，手机的所有功能我都会，你会几样？我会用手机购物缴费、用手机修改稿件修改图片、用手机看书听书、用手机录音录像、用手机发微博发糖水、用手机看电影看电视剧、用手机发电子邮件、用手机买车票买机票选座位、用手机炒股转账买理财产品买基金……

小姑娘吐吐舌头笑道，我认输认输。

母亲玩游戏也很厉害，她还没对小姑娘说这个呢。流行玩《热血传奇》的时候，母亲因为打得好，在网上结识了一帮小青年，并且成了他们的头领。后来他们这个群聚会，母亲也去了，当她出现，并说出自己的网名时，小青年们一阵惊呼，直接傻了，个个顶礼膜拜。

还有个段子是，二十世纪九十年代末，我们家家底很薄，有一次母亲路过一处新开的楼盘，看到楼顶上挂下来一个竖幅标语：首付五万元，你就可以拥有。

我们家那时的存款刚好五万元。母亲二话不说，把身上的一千元现金掏出来交了订金，回家后即去银行取出那五万元。哪知首付五万元，手续费和税费加起来还要五千元，母亲就找小姨借了五千元，之后，每个月按揭一千元，共二十年。那时她和我父亲的收入加起来也就一个月三千多元。父亲一句反对的话也没有，他相信母亲这样做总有她的道理。那时候大家都没有商品房的概念，我们家一直住在母亲出版社的公寓房里。亲戚们都不理解母亲的行为。

可是，等按揭到第五年时，那房子的价钱就翻了一番。母亲果断卖掉了，直接赚了二十万元。所以我们家的经济基础，完全是母亲打下的。我在这方面望尘莫及，更不要说父亲了。

我做她的女儿，前四十年不但没有操过心，还非常依赖她。她不只会做学问，生活方面的知识也很强大，属于过目不忘。家里吃什么，她都能说出营养成分、好处和坏处。这两年常看到有人转发关于少用抗生素的文章，我都会在心里感激我母亲，她早就有这个观念了。拜她所赐，我儿子从出生到现在都没有打过点滴，我也几乎没有。

有一年我犯了头痛的毛病，痛起来天旋地转，只能躺倒在床上。我感觉是工作压力太大，神经紧张的缘故，就去校医那里开了些安神止疼的药吃。母亲知道后说，不要瞎吃药，你一定是颈椎出问题了，脊神经受到压迫引起的，去拍个片。我连忙去拍片，果然是颈椎退行性变。医生批评我，年纪轻轻颈椎就出问题，赶紧锻炼。事后我问母亲，你常年伏案，怎么没听你说颈椎有问题呢？母亲说，我哪能什么都跟你说？我当然疼过，也去看过医生。

总是这样，母亲替我解决难题，母亲的难题，我却无从知晓。

母亲就像是我的靠山，一直立在那儿，我需要的时候去找她，不需要的时候她就不存在似的，从不麻烦我。

我哪能什么都跟你说。这就是我母亲的风格。

一句话，在此之前的几十年里，母亲不但是一盏省油的灯，还是可以给我照亮的灯。

这样的灯，也会灭吗？

这样的大脑，也会糊涂吗？

就是因为这些，我不敢和母亲谈，不敢揭示真相，比如直接告诉她，你把袜子放到冰箱里了，你脑子出问题了。我怕她。

可以这样说，我不敢质疑母亲，就如同不敢质疑上帝，不敢质疑佛祖，不敢质疑老天爷。

我希望她主动说，你陪我去一下医院吧。

哪怕她说一句，我好像有点儿不舒服，我也会马上跟一句，咱们去看看医生？可是她在我面前，总是一如既往，总是表现出“我很好”的样子，让我无从提起“医院”这两个字。

十二

我忧心忡忡地跟丈夫商量:这段时间儿子交给你来管吧,我想全力以赴地管我妈。她越来越让人操心了。

丈夫说,好,你去。儿子毕竟小升初,就算考不好,今后还有机会弥补。妈妈那儿出了问题你要后悔一辈子。

我总觉得他的话哪儿不对劲儿。也许我是希望他说,儿子没问题,有我呢。但我也没心情计较了。我告诉他,我母亲竟然跑到出版社去上班,完全忘了自己已经退休好几年了。而且,关键是,我在她房间里发现了好多异常,到处是小纸条,提醒自己要干吗。(至于袜子在冰箱的事我没提,我还想维护母亲的面子。）

我那四平八稳的丈夫终于被惊到了，一脸错愕。

过了一会儿他说，我觉得，你还是得去和爸爸谈谈，尽管他们已经离婚了，他才是最了解妈的人。另外还有小姨，你也得告诉她。你们三个得好好商量，一起想办法。你一个人提心吊胆，一点儿用也没有。你们首先要确定妈妈到底是什么问题，然后，想出解决办法。比如，该去医院就得去医院。

所言极是。丈夫的一番话让我的心定了一点儿。其实我也是这样想的，只是他说出后更坚定了我的想法。就好像往墙里钉钉子，最后那一锤，让钉子彻底进入墙壁。

第二天我直接去了父亲家。刚停好车，就遇见了父亲，看样子他刚刚锻炼过，脸上汗涔涔的。

他见到我很有些惊喜：你这坨泥巴今天怎么跑来了？

我从车上抱下一箱苹果说，给你送苹果来了。你不是很爱吃苹果吗?父亲说,爱是爱,就是现在牙齿不行了。我说,那就切成片吃。父亲说,煮着也要吃,女儿给我的呀。

父亲一边和我往家走,一边嘚嘚地叩牙。我说,你干吗呢?他说,我今天早上忘了叩牙。我每天要叩两百下的,这叫健齿。不然牙齿要掉光了。

我笑。父亲说,唉,没办法。这几年身体大不如以前了,一会儿腰疼,一会儿颈椎疼,一会儿肩周炎,一会儿牙疼,一会儿关节疼。

我习惯性地问,那你去看了吗?

父亲说,看也没啥用。老了,不出毛病才怪。年轻的时候病是敌人,入侵你、欺负你,很快就被你兵强马壮地打跑了。年老的时候病是朋友,敲门进来就不走了。这种时候,你只有心平气和与它共处,共同走完最后一程。

我说，哇，老爸，你还这么有哲理。

父亲说，那我也不能白和你妈待那么多年吧。

我说，我还是给你买点儿鱼油、维生素、钙片什么的保健品吧。

父亲说，我不喜欢吃那些，我就是锻炼。我总结出了一整套锻炼方式，我跟你说哈，早上起来先叩牙两百下，再拍打腿关节一百下，再前后左右转头二十下，然后用力甩胳膊一百下，泡好茶后，用茶气熏眼两分钟。晚上再到健身器械上活动半小时，出出汗，排排毒。

我说，爸你这都是哪儿学的？

父亲说，我自己总结出来的呀。其实我早就想这么做的，怕你妈说我神神道道。现在我一个人，随便乱整都可以了。我认为任何养生之道都贵在坚持。对不对？我坚持个一年半载肯定大见成效。

我说，可以练练。反正你那些方式也没坏处。不过保健品也吃点儿,还是有效的。不然为啥现在人的寿命都长?不要说人,你看连动物的寿命都比原来长,小姨家的豆豆(泰迪犬),都十九岁了,这几年小姨一直在给它吃微量元素和钙片呢。那天我看到新闻,那个叫新星的大熊猫都三十七岁了。它肯定也吃了不少保健品呢。

父亲说,那好,你去给我买点儿,我也享受一下豆豆的待遇。

进门,我发现房间已不如上次来时整洁了。一个老男人,让他每天把屋子收拾整齐,确实是为难他。我暗想,也许我应该帮父亲找个伴儿了,还有,也得帮母亲找个钟点工,这两件事都必须做。不过母亲的事要优先。

我放下苹果,转身,看到父亲的一绺头发,从顶上垂下来了,挂在左眼角旁边,十分滑稽。我上前帮他撩起来,重新放回到头顶上。头顶光亮可鉴,那一绺头发像毛笔画上去的。

我说,爸你还不如剃光头算了。

父亲说,我不剃,我有头发。

他转过身让我看后脑勺:你看,这么多。

跟着又说了句,剃光头像黑社会的。

我笑了,不再劝他。父亲又泡了两杯浓浓的花茶。我们就在麻将桌边坐下,面对面。父亲说,说吧,什么事?你肯定无事不登三宝殿,有事找我的。

我也顾不上嘘寒问暖了,直截了当地跟他说了母亲最近的情况。钥匙插在门上,外出不能回家,尤其是,昨天突然跑到出版社去上班,袜子放在冰箱里。真的发生了很大变化。

父亲的神情不断变化着,我完全能看懂。最先是不以为然:哼,非要分开过,能过好吗?然后是:怎么会这样?她是个多么聪明能干的女人啊。再然后是:怎么办?怎么办?但他一句话也没说。我也没逼他表态。我知道他需要时间消化。

我说,我也知道你们现在不是夫妻了,可是妈妈的事,我没人可商量,还是得和你说。

父亲开口道:你当然应该和我说,你不和我说才不对。你想我们在一起四十多年,分开才几个月。但是,但是,不可能啊。

父亲蹙着眉,端起茶来,一口没喝又放下了。对他来说,这样的事可能是他这辈子遇到的最难的事了。忽然他一拍桌子,做出一副想明白了的样子大声说,我看,你妈她,就是一时糊涂,绝对不是得了那个阿什么海。

我说,阿尔茨海默症。

对,不可能是那个病。她那么聪明的人,脑子那么好使,怎么可能得老年痴呆?我们全家得她也不会得。父亲神情有些激动,好像在替母亲辩护:我看,她就是离开我不习惯,乱了方寸。肯定是这样的。肯定是。她不可能得病。

父亲竟然会用“乱了方寸”这样的词。我苦笑说，我也不愿意相信啊，可是她那些表现，不是普通的糊涂，是有认知障碍。

我也说出了一个刚学会的词。父亲没问我那个词的意思，坚决地说，我不信。打死我也不信。

我不知该说什么了。看来父亲无法接受，比母亲突然提出离婚还要难以接受。我也无法接受啊。可是，这不是以我们的主观意志为转移的。父亲喃喃自语，我不该答应她离婚，我应该赖着不走的。我不走就不会出这些事。

我眼圈儿红了。我可不想父亲着急上火，再出什么差错，于是连忙安慰他说，你说得有道理，她可能就是不适应一个人过日子。你不用担心，我再观察一下。我最近多去她那儿看看。

父亲说，不过，咱们也不能不采取措施。

父亲撩起垂下来的那绺头发，颇为果断地说，从明天开始，我跟着她，我不打麻将了，免得她出意外。她去哪儿我去哪儿。你妈那个人死要面子，要是找不回家，她宁可到处瞎逛，也不会找警察问路。

如果能这样那就太好了。我忍不住说，但是要辛苦你了老爸。

父亲说，有啥辛苦的，我腿脚好使着呢。想当年在部队，五公里越野都跑第一。

我说，我去找医生咨询。我们分头行动。如果真是有问题，我们还是要送她去医院。

父亲说，那就得看你的了，她不听我的。

我长叹一声。父亲过来搂搂我的肩膀，他已经很久没有这样的举动了：泥巴，别叹气，别皱着眉头。没什么大不了的。还有爸爸呢。你妈不是经常说吗，天塌不下来。

我努力笑了一下说，好的，爸爸。

十三

您说得对，我不该拖延，不管怎样都该和母亲正式谈，认真地告诉她必须去看医生了。哪怕她发火，也得谈。

可是我每次一面对母亲，就说不出口了。

坦率地说，如果是父亲得了这个病，我没那么焦虑，并不是我不爱父亲，我很爱他。而是父亲会顺其自然地面对，我照顾他他会接受。母亲却不会，母亲是一定要折腾的，负隅顽抗。而我，恰恰一辈子都很膜拜她与生命的各种抗争。

夜里失眠的时候，我用手机上网查看资料，才发现眼下患这种病的人特别多。这样说吧，每三秒这世界上就有一个人走进患这个病的行列，目前全世界大约有五千万人，每年新增一千万人，到二〇五〇年会达到一亿五千万人。其中六十岁以上的患病比例是百分之五至百分之八,就是说一百个六十岁以上的人,就有五到八个会罹患此病。

太可怕了。

是的,您说得对,过去也多,但过去很多人得了也不知道,就以为是老糊涂了,到死都不知道,那是一种神经系统的病。现在医学发展了,才能被告知这不是简单的老糊涂,是神经退行性疾病。

“退行性”可真不是个好词,关节退行性,就会导致关节疼痛,不能爬山乃至不能走路。脑子退行性,就会导致神经系统出问题,更可怕。可是人一旦老了,哪还有前进的器官,不都是后退吗?母亲曾跟我说,人体器官里,只有鼻子和耳朵是一直生长的,其他都在萎缩。所以人老了鼻子大耳朵长。可惜,那只是肉体的增长。多希望现代科技能更新大脑,更新神经系统啊。

有篇文章说，其实人到中年以后大脑就逐渐开始萎缩，六十岁以后，大脑容积会以每年百分之零点五至百分之一的速度减少，就像皮肤会长皱纹一样，人脑萎缩是每个人不可避免的自然现象。

脑萎缩并非一定会痴呆，所以分为生理性萎缩和病理性萎缩。如果是病理性萎缩，不仅仅会出现认知障碍，还会出现语言障碍和行为障碍，还会出现性格及行为异常、情绪异常。其中发生神经性病变的，就是我们常说的阿尔茨海默症。其实阿尔茨海默症，只是老年痴呆或者说认知障碍症中的一种，另外还有三四种病症。但无论是哪种，都是不可逆的。

还有一篇文章谈到，通过研究发现，血液中Tau蛋白升高，会增加罹患阿尔茨海默症的风险。而经常熬夜，就会导致血液中的Tau蛋白升高。母亲的确经常熬夜，可怕的是，我也经常熬夜，我一边了解一边暗暗下决心，要调整，要调整。

回想起来，我有个闺密曾跟我说起过，她妈妈原先是个脾气很好的人，对人特别友善，一辈子不发脾气。但老了之后忽然变了，变得多疑，苛刻，脾气暴躁，她给她妈妈换了五六个保姆，都待不下去，很是让人不解。但她妈妈一个人又无法生活，最后只好送到医院。闺密非常痛苦，又非常无奈。现在想来，其实那就是一种病症，不是脾气变坏了。

我继续查找，发现了一个公众号，就是专门关注这个病症的，是个认知症应用加服务在线服务号。其中有脑健康自我检查，记忆体检。可以自测，也可以帮他人测，看是否有认知障碍。认知障碍分三个阶段，轻度、中度、重度。

我想帮母亲测一下，这才发现，我对母亲的很多情况都不了解。比如睡眠质量、饮食情况以及日常。这让我羞愧。

我心乱如麻,在暗夜里发呆。

忽然想起,我一个同学的丈夫,就是精神科的医生,在市里的精神卫生中心工作。同学当时和我说起,我一点儿也没往心里去,感觉那种地方和自己永远都不会有干系。此刻,我顾不得已是夜里,给同学发了条信息,简要说了母亲的情况,希望能跟她丈夫做个咨询。好在同学很理解,马上答应和她丈夫约。

第二天我就去了医院。见到同学丈夫后,我迫不及待地一股脑儿将母亲的情况全部告诉了他,包括我的一些感觉。

她丈夫姓李。李医生说,从你的讲述判断,你母亲应该是有认知障碍了, 就是我们俗称的老年痴呆。至于到了什么程度,还需要进一步检查,我需要和她面谈,还需要给她做一些仪器检测。

我抱着一线希望说，可是我母亲并不是每时每刻都糊涂，多数时候她是清醒的，就这几个月她还在处理好多家里的事(我没和他说父母离婚的事)。我感觉她还是挺有能力的。

李医生说，也许你母亲属于比较理性的知识女性，她在努力把控自己，甚至她意识到自己患病了，想努力安排好以后的生活，她不想把糟糕的一面展示给家人，不想拖累家人。可是她不知道，这个病恰恰就是要有家人照顾，一个人生活是很危险的。不只是糊涂，还有可能步态不稳，四肢不协调。

我紧张起来，又问：目前这个病有什么治疗办法吗？

李医生说，目前还没有特别有效的医疗手段。但是尽早确诊后进行科学干预，采取有的放矢的照护，可以控制病情。你最好马上带她来做个检查，起码要做一个脑部核磁共振，看看她的神经原纤维的缠结和神经元斑块是否增多了，看看颞顶叶皮层、海马回等部位的萎缩程度。

这些生僻的词，我是第一次听说。我答应李医生，尽快带母亲来做检查。可是怎么才能说服母亲呢？母亲那么大个人，我又不能拖着她来，她的意志还那么强大。必须说服她，让她自愿来医院。

只有让小姨帮忙了。

十四

我感觉，母亲的很多秘密，小姨都知道。毕竟她们是姐妹，是目前这个世界上相识最早的人（外公外婆都已离世多年了）。

小姨虽然是母亲的妹妹，同爹妈生的，性格却大不同。小姨是个随遇而安的女人，很耐得住性子，什么事情都是可有可无。高考没考好，就读了个财经学校，她也不觉得有什么大不了的。外公外婆感到遗憾时，她就笑嘻嘻地说，我一定让女儿考个名牌大学弥补你们的遗憾。她和姨父两个也是一辈子相安无事，相伴到老。

我把母亲最近的异常都告诉了小姨：一个人跑到花满都，找不回家，让我去接；一个人跑到出版社，以为自己要上班，但坚决不承认。还有，家里到处是小纸条，竟然把袜子放在冰箱里……

小姨神情黯然。我很少见她这样。她是个不怎么发愁的人。“我就说嘛，我就说嘛。”她连着唠叨这两句，虽然是两句很简单的话，却让我感觉到后面有股潮水在涌动。

真是瞎折腾，离什么婚嘛。她又说。

我早有感觉。是祸躲不过啊。她又说。

她说这些的时候，手上正在剥橘子。眉头紧蹙，好像橘子皮很难剥。或者，她在努力抵挡着要涌出胸口的浪头。年迈的豆豆卧在她的脚边，一动不动，似乎已经对吃失去了热情。

我终于忍不住问，躲什么祸？

小姨把剥好的橘子递给我，然后开始用橘子皮挤汁，涂抹在手背上。一股橘子皮特有的气味散发开来。这个动作和母亲太像了。母亲吃完橘子也是这个动作。当我笑话她时，她理直气壮地说，活到这个年龄了，没点儿怪癖说不过去。母亲又说，这是因为外婆喜欢这么做，外婆认为橘子皮里挤出的汁能滋润皮肤。原来一代和一代的传承，不止基因，还有耳濡目染的熏陶。

小姨。我叫了一声。

她抬头看我，我看到那股涌来的浪头已经到她喉头了。她丢下橘子皮，往沙发后背一靠，动作有点儿重，以至于豆豆抬头看了她一眼。

唉。我早就想和你说了。今年春节，就是过年的时候，年三十那个晚上。小姨以颇为啰唆的方式开了头，我竖起耳朵听。

小姨说，年三十的晚上，你们不是都去烧头香了嘛，就我和你妈两个人在家。

是的。每年年三十晚上，我爸都要去寺庙烧头香，我丈夫也是个积极响应的人，我只好跟着他们。

而我妈,用她自己的话说,是个彻底的无神论者,绝不参与这些事。

那天晚上就我们俩在家,天南海北地聊。我们也很久没那么长时间聊天了。后来也不知怎么,你妈就提起了你外公家以前的事,主要是那个老姑妈的事。

什么老姑妈?我问。外公去世时我才三岁,一年后外婆也去世了,所以我对外公家的事很不了解。

老姑妈就是你外公的亲姐姐。小姨说,不知为何没有出嫁,一直住在你外公家,就是说,是你外公养着她。你外婆说,老姑妈年轻时感情受过挫,就成了老姑娘。小时候我们就觉得她与众不同,喜欢穿旗袍,喜欢绾发髻。每天闷在家里看书,画画。画那种工笔画,一只鸟都要画半个月的那种。她也不爱和我们说话,偶尔说话,也是很奇怪的话,我们听不懂。

我不明白小姨怎么讲起老姑妈来了，我是想和她谈我妈妈的。

小姨说，“文革”来了，你外公不准她再穿旗袍，你外婆给她买来蓝衣服，她就拿剪刀剪。再后来就变得有点儿疯癫了，经常一个人跑出去，把自己的衣服送给流浪汉，还把家里的米拿出去送人。那时候物资匮乏，家里的米根本不够吃。你外公怎么阻拦都没用。那个时候，老姑妈已经年过半百了。有一天她跑出去，跟着串联的红卫兵跑到了火车站，找不回家了，你外公急坏了，到处贴寻人启事。两天后，她才被铁路公安送回家来，蓬头垢面的。你外公只好把她锁在屋子里，她就在屋子里大喊大叫，摔东西。终于有一天，她又跑出去了，几天都没回家，后来，在沙河边发现了她的尸体，淹死了。那时你妈刚读初中，我还在读小学。我们都吓坏了。听左邻右舍的人议论说，老姑妈是“花疯子”，因为没能嫁给喜欢的人,就疯了。你外公很生气,他跟我们说,你们姑妈不是花疯子,是身体有病,一种很难治的病。

小姨说,你外公当时很难过,念叨说,这是摆不脱的命。

我默想,果然每个家庭都有自己的小宇宙。

小姨说,那天晚上,就是年三十晚上,你妈忽然跟我提起老姑妈,她问我,你知不知道老姑妈到底是什么病?我说我哪知道。你妈说,我感觉她是阿尔茨海默症。我没说话,我不愿去想这种事。你妈说,听爸说,咱们祝家的人,从祖爷爷那代开始,几乎每代都会出现一个像姑妈这样的人,神经系统有问题。

真的吗?我怎么从来没听妈妈说过?我打断小姨,同时心里一惊。如果这个病会遗传,那么我,我也会得吗?等我到了母亲的年龄……不,现在不能想这些。我瞬间掐灭了这个念头。

以前我总是遗憾自己不像母亲，这一刻却暗暗庆幸我更像父亲。我是不是很自私？

小姨说，也许你妈不愿意和你说。我也不愿意说。搞清楚又怎样？那些东西在你的血脉里，并不是说你搞清楚了就可以改变什么。但是你妈就喜欢追根究底。我有意把话题岔开，问她西班牙语学得怎么样了。她不回答，还是很固执地念叨这个事儿。她说，听说有家族史的人，患阿尔茨海默症的概率比较高。我说你就别胡思乱想了，反正到了二〇二八年，人类就可以长生不老了。你妈说，如果一个人变得糊里糊涂的，长寿有什么意思？我说，大过年的，别净说这些不吉利的话。

你妈沉默了。我总觉得她还在顺着她那个思路往牛角里钻。我想说点儿有希望的，把她拉出来。

我说，如果将来科技发达了，科技跟上帝一样可以满足你一个愿望，你最想要的是什么？你妈不回答。我就自己回答，我说，我的愿望是，和另一个世界沟通。一来，可以和咱爸咱妈聊聊天，看看他们在那边过得怎么样。二来，也为今后自己去到那儿壮个胆。

你妈终于被我逗乐了。但很快，她非常严肃认真地说，如果让我祈祷科技帝，我最大的愿望是，永不失智。

我一时没听明白。我以为是矢志不渝那个意思，开玩笑说，你的志向是什么呀？

她说，我宁愿不能走了坐轮椅，宁愿失聪了听不见，宁愿失明了看不见，也希望自己永远不要失智，我希望自己到死都是清醒的。我的大脑永远不要萎缩。

我被她的话镇住了，有些心惊肉跳。不由得嗔了一句：你瞎说什么呢，怪吓人的。她蹙着眉说，我不是瞎说，我是认真的。虽然生命是一种化学反应，从无机物变为有机物,但在我看来生命更应该是一种精神形态。你不觉得吗?生命应当是灵动的,美妙的,凝聚着一股精气神,没有了精气神,就是一副臭皮囊。

其实我们以前也谈论过衰老这个话题。但她总是表现出积极向上的态度。当我说老了没意思,要忍受自己变得越来越难看,忍受各种病痛时,她还很幽默,她说老了就老了,老了说明我没有英年早逝。

可是现在,她竟然对老了后可能发生的事如此恐惧。也许是因为她太聪明了,才那么害怕失智吧?就像美女害怕失去容颜。越珍惜什么,就越怕失去什么。

你妈继续抓着这个话题不放:如果有一天真的变成又傻又痴的样子,还不如嘎嘣一下了断算了。你说那些人一天到晚发明那些不长皱纹的东西干吗？又是护肤霜又是爽肤水又是面膜，还有各种仪器，为什么就不发明一个脑子不萎缩的产品？把脸搞那么光，脑子皱巴巴的，有什么意思？还不是驴粪球一个。这么长时间以来，我学这个学那个，打游戏、炒股，一切的一切，就是想锻炼脑子，怕脑子坏了，特别怕。可是我的脑子就是大不如从前了，我明显感觉到了。有时候我真恨不能扒开脑袋看看，里面怎么了。

你妈说这些的时候，眼里满是我从没见过的无助感，让我很惊异。你知道，她从来都是笃定的，自信的。那么无助让我很不习惯。我连忙安慰她说，年纪大了脑子肯定不如从前。我现在都糊涂了，这是正常的。

她默然，然后长长地叹了口气。她是很少叹气的。她是个什么都想得通的人。我们俩其实都这样，像你外婆，什么都看得开。但表现出来的不一样。我想通了，就是稀里糊涂过日子；她想通了，就是很清楚地过日子，预测到什么就事先安排好。

她叹气之后跟我说，想来想去，我这辈子最欠的，是老卢。他人好，不计较我，可是我心里歉疚。老实说，旁人总觉得他配不上我，其实是我配不上他。

既然对不起，欠我爸，那她还离婚？我按捺不住地插话。把手上的橘子放回到茶几上，我实在是没心思吃。

小姨说，我感觉她离婚，真的是替你爸着想。她跟我说，她这辈子欠你爸的。也许，也许她已经意识到……

我说，你是说她意识到自己会变成一个拖累人的老糊涂，不想把我爸的晚年搞成一个辛苦的看护？

小姨点头，说，以我对她的了解，她不会无缘无故和我聊这些的。她肯定是有什么预感。而且她和我说话的时候,会突然发呆。有时候,她用手指着一个东西,点点点,却半天说不出话来。以前她可是滔滔不绝的,我跟不上她的思维。

果然,过完春节,她就和你爸离婚了。

那次你跟我说,她在外面要你去接她,你感觉不对劲儿,我就想约她一起出去旅游,也许她不适应一个人生活。可是她马上回绝了,说她走不开,有好多事要做。我问她不可以回来再做吗?她说不能拖。我打电话给她,约她一起吃饭。她也总说没空,还说你忙你的吧,你来我还麻烦。

十五

我和小姨把关于我母亲的事儿，聊了个底朝天。我们最后商定，一起去找母亲谈，明确要她去医院做检查。第二天下午，我先去母亲那儿，和她一起吃了晚饭。很简单的晚饭，我买了两个熟菜，母亲烧了个汤。

晚饭后小姨来了，假装不知道我在母亲家，送来一袋她刚蒸好的馒头。但面对母亲，我仍不知如何开口，固有的对母亲的畏惧心理太强大了。

就在这个时候，母亲犯了个错，给了我一个机会。她竟然接过小姨的馒头，放到了书架上。当她发现我瞪大眼睛看着她时，她猛地意识到自己犯了错，顿时窘迫万分。我连连说没事儿，拿起馒头放进冰箱里。

母亲跌坐在沙发上，脸上呈现出从未有过的自卑、胆怯和不知所措，真让我心疼不已。我还是抓住机会，小心翼翼地说，妈，要不咱们去医院看看吧。

母亲不响，我正想往下说，她似乎镇定下来了，缓缓地说，去医院看什么？我又没病。我今年那个，那个考试……

我忍不住提示说，你是说体检吧？

母亲说，对，我的体检结果都很正常。

我和小姨频繁地交换着目光。我猜小姨和我一样心里在擂鼓。差不多可以确定，母亲的确病了，有了认知障碍。我在资料里就看到过这一条，语言表达障碍。她把体检，说成考试。

我说，那个体检，只是一般的检查。

我不敢说咱们去看看大脑，看看神经系统。那是母亲最敏感的地方。不要说触碰，就是提到她都会发作。

我鼓起勇气接着说，我觉得你这段时间，好像和以前不一样了（我没举证，大家都心知肚明）。那个，变化有点儿大，我挺担心的。我觉得，咱们最好还是去医院做个检查，排除一下，如果没事儿，大家都好放心。

不料母亲生气了，大声斥责我：我哪里和以前不一样了？我不就是糊涂了两回吗？你不是也经常糊涂吗？还有你，她指着小姨，你还丢三落四呢。难道你俩也得了那个病？

奇怪的是，我们都不提病的名字，就好像单恋的人总回避说对方的名字一样。心虚，我们都心虚。

我换了个角度：要不，咱们先做个记忆检测看看？我知道有个网站有这种检测题，我做了一遍，分数都不高。我发给你你试试？

我之所以说这个，是因为我知道母亲很喜欢做各种题，什么IQ测试，什么“难倒哈佛博士的五道题”，什么“只有百分之一的人能答对”。每每做完得了高分，她会截屏给我看。但此刻母亲没被我诱惑，她不说话，不知听进去没有。

小姨终于开口了。小姨也不提病的名字，而是说，姐，这个问题咱们不是谈过吗？你忘了，年三十晚上，咱们谈了很长时间。我知道你一直在担心。所以我也觉得应该去医院看看，云泥说得对，做个检查，如果没问题，就可以彻底放心了。

母亲没再发作。过了一会儿她说，你们是不是背着我商量过了？

我连忙说，没有，没有。我就是看你刚才，刚才放馒头……我也是忽然想起的。我是怕万一，万一……

我的怯懦终于让小姨不耐烦了，我从没见她那么激动过。她把茶杯往桌子上一蹾：干吗那么忌讳？

不就是阿尔茨海默症吗？得个病又不是做了见不得人的事，又不是犯了法，连提都不敢提？这世上那么多了不起的人都得过这病，干吗要跟做贼似的？

摊牌了。终于摊牌了。我心里暗暗松了口气，同时万分紧张地看着母亲。母亲愣了，不看小姨，也不看我，双手拄着下巴。好一会儿才回答说，知道了，我会安排时间的。

声音很轻，略有些喑哑，不过依然透着一股倔强。

我暗暗松了口气。

小姨走过去，揽住她的肩膀，缓和了语气说，我也准备去做个检查呢，咱们这个年龄查一下为好，心里有数。不用怕，再说怕也没用。没什么大不了的，咱俩现在说好了，万一你痴呆了，我来照顾你，万一我痴呆了你来照顾我。

母亲抬起头来盯着小姨，突然大笑起来，笑得很夸张。

母亲说,你们觉得我傻了?得了老年痴呆?怎么可能!我才不会痴呆呢,我昨天还默写了《春江花月夜》,还背诵了《楚辞》,我昨天还把《天天爱消除》最新的十五关打通了。我才不会痴呆!

母亲又恢复了她那辨识度极高的嗓音,响亮、有韧性,一点儿都不拖泥带水,光听声音,完全不像年近七十的人。她似乎自己也被自己那番话激励了,站了起来,眼睛里重新有了光亮:

这个问题我早想过了。现在科技发展那么快,日新月异,还有那个埃隆·马斯克,我最膜拜的那个硅谷钢铁侠,他肯定能发明出一种人工智能来解决这个问题的。他已经提出要把数字智能和生物智能融合到一起了。说不定将来往脑袋里植入个芯片,脑子唰地一下就全部更新了。我一定会等到那天的。等我脑子全部更新,回到出厂设置后,我会重新选个专业来学习。

一番高论让我和小姨瞠目结舌，我仿佛看到母亲熟练地驾驶着特拉斯，在虚幻和现实中来回变道，灯都不打。那个瞬间我感觉出问题的是我们，而不是母亲。母亲她什么都明白。难道是我们多虑了？

我习惯性地附和说，对的对的，现在高科技分分钟有创新，肯定能行的。我都好期待。

小姨却比我冷静，依然坚守在现实世界：所以呢，咱们还是先去医院做个检查，知己知彼，有备无患。

母亲突然一脸疑惑：去医院？检查什么？

我心里一凉，母亲又不打灯就变道了。小姨说，刚才咱们不是商量好了吗，去医院做个检查，做个脑部核磁共振。我随即跟上：就算有高科技，咱们也要做到心里有数。我看就下周吧，我陪你去。

母亲沉默了好一会儿，似乎是在努力理解我们的话。最后她终于开口说，不用你，我自己会去的。跟着又加了一句，你什么时候陪我看过病？

我心里无比内疚。是的，我还从来没陪母亲看过病。我连忙说，这次就让我陪你吧。我认识一个医生，是我同学的丈夫，我们可以找他。其实就是做个脑部核磁共振，不复杂。

母亲缓和了语气说，真的不用，你那么忙。我不是讽刺你，我知道你真的很忙，牛牛今年小升初。

母亲竟然准确地说出了我儿子小升初，让我稍稍安心一些。我说，小升初的事没什么大不了的，还有他爸呢。

小姨说，还是我陪你吧，我反正没啥事儿，你定个时间。

母亲说，好，我定了告诉你。

小姨说，最好就这几天。我知道你没有拖延症的。

母亲很轻地嗯了一声。我和小姨又快速交换了一下目光。只能说到此了。她那么大个人,我们又不能拖着她去医院,扛着她去医院。

我们离开时,母亲在门口微微躬身,似乎请求我们的原谅。这样的举止让我感到陌生。回家的路上我想,母亲那么拒绝我陪她看病,是不是她已经去过医院了？她悄悄去过了,检查过了,然后……

忽然想起,那天看到母亲纸条上写的"下午去德仁医院",却一直忘了查(我也是健忘啊)。我迅速在路边停车,上网查询,果然,第一句就是:"德仁医院是一家引入日本照护理念的高端养老服务机构。服务对象为高龄长者、失智者、失能者。"

看来,母亲不但明白了自己的状况,而且开始考虑后路了。她那一大套关于人工智能的想象,其实也是"后路"的一部分吧。

十六

抱歉，我喝口水，我有些心乱。

第二天我发微信给母亲：去医院的事确定了吗？她没回。晚上我又发，她回了，这周事情多，下周去。好吧，我就等下周。

恰好那段时间我焦头烂额的，除了自己的暑期工作，业余时间全部奉献给了儿子。儿子的小升初考得不好，为了能让他进重点中学，我投入了很多的时间和精力，找人、托人、求人。其间的复杂滋味我就不说了。

好在，我还有父亲这个后援。

那些日子，父亲每天和我通一次话，他现在已经能熟练地使用微信语音了。他文化不高，打字慢，就直接用语音。他真的放弃了打麻将，每天在小区门口溜达，母亲一出门他就跟上。而且，他为了方便，还去剃了光头，他说剃了光头我妈认不出他了，便于跟踪。

唉，我的老爸。我忽然想，为什么反倒是高智商的母亲糊涂了，木讷的父亲一直都清楚呢？大脑真是不可捉摸。

今天你妈去了保险公司，好长时间才出来。

今天来了个小货车，从家里搬走好多书。不知道搬哪儿去了。

今天你妈去了咱们家原来的老房子，不知道去干吗，过了好一会儿才出来。

今天你妈去了社区医院，回来的时候还买了菜。

有父亲，我心里好受了很多，母亲不至于发生什么意外。但我还是需要她告诉我，到底去检查没有，医生是怎么说的。不管是什么结局，我都希望那只靴子赶紧掉下来，哪怕砸我脑袋上，砸得很痛，我也好知道接下来该怎么办。

终于，靴子掉下来了。但不是我预想中的那只。

那天我正一脸讨好地在和一个校长谈儿子读书的事。那个校长是经我同学的同学才联系上的，重点中学的校长。我刚把我的意思表达完，还没来得及等校长表态，手机就振动了。一看，是父亲发来的一段语音。我瞥了一眼，悄悄长按，把语音转换成文字。

父亲讲话有老家口音，转换成文字，夹杂了不少莫名其妙的字，比如他叫我"泥巴"，转换成了"你把"。但我还是能看懂个大概，他告诉我，母亲今天一直没出门，他觉得有点儿奇怪。前几天每天上午都出门，最晚也是中午。他特意跑过去看，家里连窗帘都没拉。

我尴尬地跟校长笑笑，给父亲回了一句：是不是还在睡觉？

因为几天前发生过这样的事，母亲到中午都没出门。父亲着急上火要我去看，我还来不及去，他就发信息说母亲出门了。

但是父亲又发来一段语音：我刚才打了电话，座机没人接，手机也没人接。我实在是心焦。现在已经是下午三点多了，她一个人在家，万一，万一有啥子事呢。你想她连窗帘都没拉开，太反常了，太反常了。只有你跑回去看一下了，我又进不去她的门。

我无心再和校长谈了，抱歉地说家里突然有急事，匆匆起身离开。会谈结果如何，听天由命吧。

路上我把父亲的语音又听了一遍，心里有一种不好的预感。人是必须被告知坏消息的，因为生命本身是残酷的。我脑子里突然蹦出了这么一句话。应景似的，老天开始下雨，是那种湿乎乎、热乎乎的仲夏的雨。我再打母亲的电话，座机、手机，反复打，都没人接。我感觉自己脑袋发蒙。

到了母亲家，我几乎是冲进门的，一边冲一边喊“妈”，真希望听到那个熟悉的声音应答我，哪怕她斥责我，那么着急忙慌干什么？我不是好好的吗？

但家里静悄悄的，一丝人气也没有，只充斥着闷热的、不安的空气。卧室、书房、厕所、厨房、阳台，我依次看了个遍，都没人。再回头，发现门边摆放着母亲的拖鞋。

我稍稍松了口气。至少，母亲没有在家里发生意外。显然她是一大早就出门了，父亲没看见。

我先给父亲打电话，叫他不要急。可怜的父亲，毕竟也是七十多岁的人了。父亲松了口气，但还是很不解：她出去了？她那么早跑哪儿去了？我可是早上七点就在院子门口转悠的。

我心里一点儿谱也没有。我只能叫父亲别想那么多了,先回家休息。父亲不肯挂电话,念叨说,真是焦人,太焦人了。我又不能把她捆在身上。

我说,你别急。一有消息我就告诉你。

父亲说,我说泥巴,如果你妈真的糊涂了,会不会搞忘了我们离婚的事?如果她搞忘了,我就回家照顾她。我肯定把她看得死死的,免得这个样子提心吊胆。

爸。我叫了一声,鼻子发酸。

父亲说,唉,我答应过你外公外婆,要好生照顾她一辈子。

我眼泪在眼眶里打转。父亲看到了似的说,泥巴莫慌,你妈不会有事的。也许她就是出去办事,时间长了点儿。就算早上六点到现在,也不到十个小时。

我能说什么呢?我狠心挂了父亲的电话,打给丈夫,我告诉他,母亲离家出走了,今晚我要在母亲家等她，让他管好儿子。我说如果母亲一夜未归，我明天一早就去派出所报案。

丈夫也被这突发状况搞蒙了，反复说，有事就给我打电话，有事就给我打电话。完全没有了平日里的精明能干。也是，每个人面对突发状况，都需要一个反应过程。我没给小姨打电话。少一个人焦虑吧。我又试着打母亲的手机，依然响到断都没人接。

我颓然倒在沙发上，那是母亲常坐的沙发，她与那个沙发几乎融为一体了，要么拿着书，要么拿着手机。可是，她现在把自己剥离了，把自己扔到外面去了。

墙上的时钟依然不紧不慢走着，寂静中能听见它的足音。我浑身绵软，欲哭无泪。忽然想，如果母亲遇到这样的情况会怎么样？她一定会说，天塌不下来。是，天塌不下来，要镇定。世上的确有深渊，但无底深渊不多。这也是母亲说过的。

也许母亲不过就是没听到电话，电话开静音了?也许手机丢了?也许她去看哪个朋友,被朋友挽留了? 不不,都不像。

我深吸一口气,缓缓吐出,再深吸一口气,再缓缓吐出。

这是母亲教我的,对放松情绪很有效。屋子里闷热难耐,我站起来打开空调,我和房间都需要冷静。

十七

是的，我总是这样，随时想起母亲的教导。我丈夫说，我总是把“我妈”挂在嘴上，什么都是“我妈说的”。

母亲会不会留了纸条什么的？我开始搜寻。

客厅的两面墙书架已经空了，只散落着一些杂志，高大的、空荡荡的书架，给人一种被抛弃的荒凉感，仿佛战败后的战场。书架没有书，就跟嘴里没有牙一样丑陋。好在，我知道这些书一定已经去了学校图书馆，希望它们被善待。

我走进母亲的小书房。电脑竟还开着，屏保在闪。桌上摆满了资料，感觉是母亲自己打印出来的，果然，都是关于老年认知障碍和阿尔茨海默症的资料,《如何正确看待脑萎缩》《美好晚年的不速之客》《协和专家告诉你容易忽视的老年痴呆征兆》《如何区别正常记忆退化和早期老年痴呆》……其中不少我也看过。

在这些资料里，还混杂着一些母亲默写的诗词,不只是背诵,母亲也喜欢默写,她说电脑再方便也得用笔写,不然时间长了,提笔忘字,丢人。母亲的字很漂亮,潇洒不羁,但是眼前的这几张,看上去有变化了,显得胆小、犹疑、迟缓。似乎写了横,就忘了下一笔是竖还是撇。

我坐下来,点击屏幕,想打开母亲的文件夹看看。在此之前,我是绝不会这么做的,不管母亲写的是学术论文,还是其他,她不给我看我是不会碰的。但现在顾不了那么多了,我必须找到进入她密室的钥匙,我要知道她想干什么。

母亲的文档很有条理,不出我所料。里面分了很多文件夹,有“论文”,论文里又分了年代;有“资料”,资料又分了生活资料和学习资料;还有“日记”,日记又按年份分开。

我点了日记,点了今年一月。每天都只有几句话。比如:上午整理出已经发表过的论文目录,下午看书、听书,晚上和云泥一家吃饭。基本是流水账。我直接拉到文末,发现她的日记截止到一月底。二月就没有再写了。

但是,在后面,赫然出现一个清单,写着“近期内需要完成的事”。

第一,和老卢离婚;

第二,和云朵谈一次(在下方画了两道横线);

第三,整理所有银行卡账号和密码,登记理财产品情况;

第四,捐书;

第五,处理家里不必要的东西;

第六，处理掉不必要的信件资料；

第七，咨询养老院。

虽然，她写下的这几件事，大都已经发生了，我都知道。但这么赤裸裸地出现在屏幕上，还是让我心惊肉跳。

接着，我发现她又断断续续写了文字：

——云泥似乎有感觉，老是催我去医院。妹妹也一起来催。她们一定在背后议论过我了。

——今天很丢人，去医院开药，药费三百二十多元，我非要给人家三千二百多元，幸好收款的小姑娘人好，没有接过去，提示我多给了。

——今天第一次，我没有背完《离骚》，中间卡住几次。

——今天去德仁医院看了一下，条件还不错，但依然让我害怕。那些失智的老人，要么克制不住地抖动，要么克制不住地瘫软，让我看到了以后的自己。一个人若既不能把控思维，也不能把控行为，太可怕了，我无法接受。

——今天早上起床，错把安定片当成降压药吃了，倒头睡到中午。感觉很奇怪，后来看到分装药盒才明白。我是真糊涂了。

——我会变成植物人吗？如果真的变成植物人，一棵树，或者一丛灌木，那倒好了，每年都可以发新芽，可以开花，可以生长。可植物人不是植物，不会开花生长的。我会变成一种既不是植物也不是动物的生命状态吗？那将是多么糟糕的、丑陋的生命状态。

我看得口干舌燥，起身去找水喝。

屋子里那些东西，母亲坐过的沙发，用过的杯子，好像被打了聚光灯一样凸显在我眼前。突然，我看到饮水机旁放着个小旅行箱，是母亲外出常用的那个。我连忙打开，箱子里有几件衣服，还有洗漱用具。难道母亲是打算外出？为什么又没拿走？

再四下里看，发现茶几上还放着一个纸箱。那个纸箱我熟悉，今年春节时母亲曾把它交给过我，让我拿回家。箱子里是我早年给她织的毛背心、披肩和毛袜。我快要结婚时，母亲开始教我织毛衣。母亲说一个女人，总要会两样女红吧。在这方面，母亲又是很传统的。在家休息的那段时间，我便给肚子里的儿子织了几件小毛衣。又给父亲母亲各织了一件毛背心，后来又给母亲织了条披肩。母亲虽然很少用，但很珍惜，有一次小姨来，她还特意拿出来给小姨看：云泥给我织的，让我看稿子的时候披着。

父亲老家有个习俗，人离世后，要烧掉逝者常穿的衣物，那年我们参加奶奶的葬礼，看到父亲家人拿了两大包衣物在焚烧。母亲当时就小声说，太可惜了，这是什么习俗啊。我知道母亲向来不在意习俗，但是，活在被习俗包围的社会里，也不得不在意。我猜母亲把这些东西交给我，是希望这些东西在她走后，不要被当成遗物烧掉。

可是她不过六十多岁，身体也没什么大问题。我当时拒绝拿走：干吗给我，你嫌弃了吗？这毛背心还可以穿的，质量那么好。披肩也可以用的。

现在，这个纸箱上面用粗笔写着：给云泥。

我打开，除了那几样我熟悉的东西外，还有一个软面抄本子，本子上也写着“给云泥”。我迫不及待拿起来翻开，里面掉出两张银行卡。而第一页，就是给我的信。我的心一阵狂跳，难道是遗书？

云儿：

本来我是想和你面谈的，但几次见到你都开不了口，也怕自己语无伦次，还是以写信的方式和你谈吧。这信也是一拖再拖。不是没时间，而是在逃避。即使面对我自己，我也害怕真相。但现在必须写了，再不写我要说不清楚了。

正如你所感觉到的那样，我的脑子出问题了。从今年年初，不，其实是从去年年底开始的，我感觉脑子不如从前了。不只是记性不好，还经常发生混乱，经常闪现年轻时候的事情。学习的时候，也经常发呆，效率很低。

我知道你外公家族有精神疾病的遗传，我一直在担心。我成天学这个学那个，玩游戏，就是不想让自己的脑子生锈。但它还是生锈了。你常说我是个把控能力很强的人，现在我却要走向反面了，可能连最简单的生活都不能把控了……

（写到这儿突然没有了，大片的空白。我翻页，后面又有了。）

昨天我写了一会儿去倒水喝，喝完水我就出门了，完全忘了写信的事。今天看到摊开的本子，又想起来了。

我现在就是这样的状态，每天糊涂和清醒交替占领我的大脑。清醒的时候，我知道自己要做什么，赶紧写下来，可是糊涂的时候，我看着纸条也想不起来这件事做过没有。只感觉脑子发蒙，混乱，好像有短暂的失忆。

我真的会一点点变傻，变糊涂，到完全失智，完全不能自理吗？如果是，真的比死还可怕。可是我没有勇气选择死。不但缺乏勇气，甚至也缺乏能力，自行了断不是个容易的事。

你和你小姨一直动员我去医院，我不愿意去。我心里明白是怎么回事。去医院无非是把我的状态用医学名词描绘出来。不需要那样。我需要做的，就是在彻底糊涂前，把该处理的事情处理了，该安排的事情安排了。

我知道，一旦我成了糊涂虫，你父亲，你小姨，你，都不会丢下我不管的。但我不能成为你们的拖累，我不能容忍自己成为拖累。所以趁着现在还有能力，我要把自己安排好。这几个月我一直在努力。现在已经基本完成了，唯一遗憾的是书没有写完，我已经无能为力了。

（又出现很大的空白，没字，我翻页，没有，再翻页，有了。）

我有三件事交代给你。

第一，你的父亲是个非常好的人，我很感激他给了我四十年安稳的生活。他爱你，爱这个家，孝敬老人。当年你外公外婆生病住院，他比我和你小姨都尽心。可以说，我们双方的父母都是他养老送终的。我和他分开，是不想再拖累他。以你父亲的性格，他会把自己累死的。所以，你一定要好好孝顺他，为他养老送终。

第二，这些年我努力管理咱们家财产，小有收益。我给了你父亲一半，剩下的一半给你。这些日子我已经把大部分理财产品、基金以及股票赎回了，分别存在两张卡上。还有少量没到期的，你来处理。手机银行的账号和密码，还有银行卡密码，都写在本子最后一页。

第三，我走后，不要举行任何仪式，让我悄悄离开。也不要买墓地。墓地会成为你们的负担，年年清明都要在路上堵车，而地下的人全然不知。就简单烧了,撒到一棵树下就行。

(空白,又是一整页空白。我再翻页,一直翻到末尾,又看到了。)

云泥,妈妈很爱你,为你感到骄傲。你不但聪明漂亮,你还善良,继承了你父亲的秉性。你比我强。我之所以这样做,不是不信任你,是不想拖累你,你有你的人生。我不想拖累任何人。我不想听凭命运的安排。

再见,不要来找我。

妈妈于深夜

我看了一遍,又看了一遍。反复看了几遍。我不能判断母亲这些文字是什么时候写下的,有一点可以确定,她不是一口气写的,一定是分了好多次,想起一点儿写一点儿。但最后那段有日期,是昨天夜里。不要来找我?这句话的意思是什么?焦虑的情绪再次填满了我的五脏六腑。

电话忽然响了,吓我一跳。

我接起电话,是父亲:我想起一件事泥巴,得马上告诉你。父亲说,你记得不,你妈退休那年,你小姨和姨父邀请我们去九寨沟耍?那是我这辈子唯一一次和她出去耍的地方。那天我们在一个特别漂亮的湖旁边,叫啥子海哦,水特别蓝,像镜子一样,一点儿波浪都没有,湖旁边还有一棵光秃秃的松树。

我说,是不是长海?

父亲说,对对,就是长海。你妈在那个地方站了很久,还和我们说,这个地方简直像仙境一样,美到让人想死。我要是哪天不想活了,就到这儿来,沉下去当条鱼。我们当时感觉她是在开玩笑,没当回事。但是回家后,看到照片她又说了一次。你晓得的,你妈就是爱说些奇奇怪怪的话。我也没在意。但是我刚才突然想起了，脑壳一下就炸了。你说她会不会？

我脑子里警铃大作。母亲她，难道独自去了九寨沟？

我挂了父亲电话，迅速打给丈夫，我说我们得马上报警，现在。丈夫蒙了一会儿说现在吗？我说，对，就是现在，必须马上报警，找我妈，不然就来不及了。

十八

后来的事,我就简要地告诉您吧。

我们通过警察的帮助，调取了几处监控录像，很快得知了母亲的行踪:她早上六点半就离开了小区,上了一辆出租车。警察查到出租车,一问司机，她去了火车站。再问火车站。车站果然说他们那里出现过一位疑似走失的老人，照片发过来一看,正是我母亲。但车站又说,这位老人已经离开了,就在一个小时前,工作人员没注意的时候,她走了。再追查监控录像,一点点地找,真的很感谢那两位警察，很耐心，终于发现母亲离开车站后又上了出租车，据司机说,他把母亲送到了打铜街某某号,我马上反应过来了,母亲是去了我们早年的家。

于是我们迅速开车赶过去，生怕她再离开。还好，母亲在那儿，她在那儿！她蜷缩在我们老院子院门口的一张破旧沙发上，脸色青黄，见到我，她像孩子一样愧疚地说，我走错地方了，对不起。

我上去把她抱在怀里，泪如泉涌：没事儿的，妈，我们回家去。

原来，母亲的确买了去九寨沟的机票。但是坐上出租车后她恍惚了，告诉司机去火车站。其实出门的时候她已经恍惚了，行李箱都没拿。进到火车站大厅后，嘈杂拥挤的人流让她的脑子更加混乱。她想不起自己是来这里做什么的。她在人头攒动的大厅里发呆，转悠，直到中午被车站一个工作人员发现。那位工作人员问她有什么需要帮助的，她说她要去九寨沟，还问在哪儿登机。工作人员感觉不对劲儿，把她带回了办公室，问她家在哪里，家人电话号码是多少。母亲却翻来覆去地说，我要去九寨沟。工作人员尚未来得及向派出所报告,母亲忽然离开了。

母亲原以为她安排好了一切，搞定了一切,临门一脚却出了问题,本该去机场却去了火车站。而我,得庆幸她这一脚出了问题。如果她顺利去了机场,顺利登机到了九寨沟,后果不堪设想。

母亲回到家倒头就睡。一天的折腾让她耗尽了精力。她一直睡到第二天上午。醒来后,一眼看到身边的父亲,她竟笑眯眯地说,不好意思,我睡过头了。然后她看到了小姨,错把小姨当成我,说,云泥你怎么还不去上学?

等下午我去看她的时候，她基本恢复了状态。我上前抱住她,闻着她身上熟悉的气味,我暗想,以后每次见面都要抱抱她。我说妈,你怎么能说走就呢,你不管我了。她说,我不走了,我不甘心。我还要努力。我说这就对了,我妈妈从来不投降。你一定知道尼采那句话吧,打不死我的,只会使我更强大。母亲笑了,那笑容像是遇见了熟悉的人。

父亲在一旁大声说,当然不能投降,我们要抵抗到底,守住阵地。我们两个是你的同盟军,对不对？母亲依然笑而不语。

后来的日子,母亲的状况时好时坏。所谓好,就是她清醒过来了,各种折腾,不要我们管她,一如既往地逞强,以为她还和从前一样;所谓坏,就是糊里糊涂的,不知今夕何夕,任由我们照顾,很顺从。所以,真难说什么是好什么是坏了。

我们带她去做了检查。检查结果在意料之中。但医生说,单看结果,她还没到很严重的状态,可以不住院。但是她太过紧张了,反而加重了病情。如果家人好好陪伴,让她放松下来,会好很多。

这话让我很懊悔。我早该这么做的。可是很多人生经验,获取的时候,不都已经无用了吗?

医生还告诉我一个好消息,目前已经有了这方面的药物。美国一家医药公司宣布,他们研制的首款可治疗阿尔茨海默症的药物,已经通过临床实验,就要投入生产了。同时我们国家也研发生产出了治疗阿尔茨海默症的新药,名字叫九期一,已经上市了。这个药是从肠道菌群入手,通过重塑肠道菌群的平衡,降低两种代谢物质的积累,从而减轻脑内神经炎症,改善认知障碍。

我把医生的话转告给母亲,母亲忽然很清晰地说,我天天折腾我的脑子,没想到问题却在肠道。闹笑话。

现在我父亲搬回了家,每天陪着母亲,上哪儿都带着母亲。买菜,散步,访友。客厅那几个空书架处理掉之后,父亲搬回了他的麻将桌。这样他不出门也可以打麻将了。书桌和麻将桌的替换,意味着这个家的改朝换代。父亲的几个老麻友都认识母亲，据说母亲对他们都报以女主人的亲切微笑，呈现出一种从未有过的平和状态。她没再提离婚的事，我不确定她是真的忘了，还是在暗中放弃了，不再较劲儿，愿与父亲结成同盟，共同抵抗。

父亲说他再也不会离开母亲了。不管她高兴不高兴，就要一直陪着她、照顾她。他说母亲就是他的命，他不能摆脱，硬要摆脱就会出乱子。他还说了一句很有哲理的话：深渊是有的，但无底深渊不多。

昨天我回家去看母亲。进门，就见父亲在厨房洗菜，那个光亮的脑袋已经泛起一层白茬。我小声说，爸，还好吧？父亲点点头，简短地说，正常。跟着又加了一句，就是老拿一本书，吃饭睡觉都拿。

我进屋，见母亲独自坐在阳台上，手上果然拿着书。阳台用玻璃窗封成一个小暖房，放了两把藤椅，一张小圆桌。一瞬间，记忆的水位上涨，我脑海里浮现出了从前的光景，父亲和母亲一起坐在那儿晒太阳。父亲打盹儿，母亲看报。我回去了，父亲马上加一把椅子，让我坐在他们中间，我勉为其难，但还是会坐下来，和他们说说话。

日子一页页翻过去，不管是好看的页面还是难看的页面，都被翻过去了，翻不回来了，翻回来也是“只读”文件了，无法修改，无法复制。

窗下那一树繁盛的桂花，被昨夜的雨打落在地，黄黄一片。这情景，到底是应了陆游说的“零落成泥碾作尘，只有香如故”，还是更贴近林黛玉说的“花飞花谢花满天，红消香断有谁怜”？也许要看个人的心境吧。如果是母亲，一定会选前者，作为女性，她是少有的硬朗的人，很少悲悲切切，很少自怜。如果是父亲，说不定反而会选后者，父亲有时候流露出的眼神，很“林黛玉”。

我突然意识到，所谓的幸福，只存在于回忆中。或者说，幸福就是拿来回忆的，唯有旧日子能使我们快乐。就在一年前,我们还是个幸福的家,父母互相陪伴,相安无事,我们每个星期天去看他们,一起吃晚饭。晚饭后丈夫会和父亲下棋,尽管他说父亲是臭棋篓子。我和母亲尽情地聊天,牛牛则钻进母亲书房去玩电脑。那时候的母亲,伶牙俐齿,妙语连珠,笑声朗朗,经常让我开怀大笑。可是我身在其中,从来没觉得那是幸福,只觉得很普通,甚至觉得我们每个周末回家,是为了尽孝,而不是享受。

现在我才明白,我曾经那样幸福过。

母亲很专心地盯着窗外在念叨什么,完全没发现我的到来。我走近,俯身,仔细听。听出来了,母亲是在背《离骚》:帝高阳之苗裔兮,朕皇考曰伯庸……但也仅仅是这两句,翻来覆去的。

我叫了一声妈。她转过脸来,我弯下腰揽住她的肩膀,贴贴她的脸颊。她有些骄傲地说,别打搅我,我在背《离骚》呢。

我朝她伸出大拇指，我说妈，你好厉害。

我是由衷的。